講談社文庫

坂の上のμ《ミュー》

伊集院 静

講談社

目次

坂の上のμ

水澄《みずすまし》

一

夕暮れの仙台坂を上がりながら、男は両足がひどく重いのに気づいた。

半日歩きづめではあったが、こんなふうに背中まで引っ張られるような疲れ方は、今までになかった。男は立ち止まって深呼吸をした。ちょうどその時、坂の上の信号機が黄色から赤に変わり、その灯りが夕雲にまぎれて街路灯のように光った。急に夜が来るような気がした。男は鞄《かばん》を左の手に持ち替えて歩きだした。すると前方から男にむかって黒い影が飛んできた。男は一瞬身を固くして、左肩を切るように通り過ぎた影を振り返った。

それは一羽の燕《つばめ》だった。

「ほう、燕がいるのか、こんな街にも」

男はつぶやいて、ぼんやりと燕の行手を眺めた。燕は電柱や自動車を器用にかわしながら二の橋の方へ消えて行った。自由で、無邪気に見える燕の姿は、空《から》っぽになってしまった男の胸の中に懐かしいような感情をこしらえた。男の口元がかすかに微笑《ほほえ》んだ。しかし八月の雨を誘うような風が頬に当たると、男は汗臭い自分のシャツの匂いに鼻を曲げながら歩き出した。ひと雨来そうだった。傘を持っていなかった。いっきに坂を越えて広尾の駅まで行くつもりだった。だが歩き出した男の歩調は男の気持ちとは逆に、ひどくぎこちなかった。

男はセールスマンだった。

その日は朝から嫌なことが起こるような予感がしていた。もっともこの半年、朝目覚めた時に楽しいことがあるような予感がした日は一日もなかった。

明け方、男は妹の夢を見た。妹は黒い水着姿で海に入っていた。そうしてかたえくぼのできる頬と白い歯を見せて浜に腰かけている男を手招いた。

「兄ちゃん、兄ちゃんも入りなよ」

浜に座っている男は四十歳を越えているのに、妹の方は二十年前に死んだ時の高校生のままだった。妹は夏に臨海学校の水泳の授業でかぶる赤いふち取りのある白の水泳帽をかぶっていた。男は妹の足元に寄せる波の荒さに気づいて、

「今日は、沖へは出ない方がいいよ」

と妹に声をかけた。

「臆病なんだから……」

と妹は笑っていた。そうして妹はくるりと背を向けて沖の方へ行ってしまった。男は立ち上がって妹の姿を探したが、その海を泳いでいる人達は全員が白い水泳帽をかぶっていた。どの帽子が妹なのかと男は目をこらすのだが、白い水泳帽の群れはどんどん沖へ行ってしまう。男は波打ち際に駆け出して、妹の名前を呼んだ。そうして妹を呼ぶ自分の声で目覚めてしまった。

夢に妹が現われた日は、決まって厄介《やっかい》なことが起こった。

その日、男は会社の同僚の紹介で麹町《こうじまち》の雑居ビルにある小さな会社を訪ねた。

「ああ、このコースね。ここは駄目だって、噂を聞いたよ。本当にできるの、このゴルフ場？　土地買収が終っていないって話だよ」

毛皮商をしているという社長が、パンフレットを見せた途端につまらなさそうな顔

をして言った。男はゴルフ場の勧誘のセールスマンをしていた。

「いいえ、土地買収はとっくに終っています。でないと認可がおりませんから……。社長さん、ゴルフの方は随分となさっているようですね」

男は相手の片方だけ日に焼けた手の甲を見て言った。

「うん、まあね。俺のゴルフはブームの前だから、十五、六年前になるよ」

小太りの社長が自慢気に答えた。新設ゴルフ場の会員権の勧誘などという仕事は、ひと昔前と違って、たいがいの相手が物件を見るのに半分疑ってかかる。男にはセールスマンに必要な巧みな話術がなかったし、人に憎めないように思わせる愛嬌のある顔をしていなかった。おまけに百八十センチを越える大きな身体をしていた。

「ですからその点は経営が○○商事で、あの湘南の××カントリーと同じ経営母体になっていますので安心です。交通の便も、都心から一時間半を見てもらえば充分ですし、この十二月には新しいインターチェンジが開設されます。そうすると一時間でコースへ着ける計算になります。現在、いやこれから先、都心から一時間でゴルフのできるコースが、この金額でメンバーになれることはないと思います」

そう言いながら男は別刷りの紙に印刷された値段の記してある用紙を差し出した。

「えっ、もうこんなに高くなってんの。半年、いや三ヵ月前だよ。二百五十万円で誘いにきたのは……」

相手は目を丸くして金額を見ていた。

セールスマンの仕事はこれが二度目であった。

三年前に米国製の家庭用洗剤の訪問販売をしたことがあった。その時の経験で、男は自分のような大柄で無愛想な顔をした人間が、見ず知らずの相手に物を売るには、言葉を弄するよりもその品物の利点だけを淡々と話していく方がいいと知っていた。

「ええ、ですからこのコースは人気がありまして、今はもう二次募集になっているんです。十二月にインターチェンジが開設されるとたぶん一千万円を越すでしょう」

相手は急にパンフレットを見つめ返した。

「これが現会員の方への会報です」

ともう一枚のモノクロの、いかにも出来たばかりを思わせる会報を差し出した。

「あれ、もうプレーをしてんの」

「はい。これはすでに完成したインコースの10、11、12番の3ホールを試《ため》しに我が社の人間がプレーをした時の写真です」

「じゃあ、おたくも回ってみたの？」

「ええ、距離もたっぷりありましたし、フェアウェイの芝も一年余りねかして置きましたので、じゅうたんのようでした。第一期工事で、これまでにない工事をしましたのでコースも平坦《へいたん》で、丘陵コースのイメージがないくらいでした」

「丘陵コース？　山岳コースじゃないの」

「お持ちのパンフレットに各ホールの断面図と傾斜度がございます」

パンフレットをめくる相手に、

「社長、去年日本オープンをごらんになりましたか。あの日本オープンをした△△カントリークラブ、あのコースはご存知ですね。あのコースとコース傾斜度は変わりません」

「ああ、ジャンボの勝ったあのコースね。テレビで観てたよ」

相手は考え込むように、パンフレットを覗《のぞ》き込んでいる。後は追っての話はしない。待っていればそれでいい。勿論、このコースに男は一度も足を運んだことはなかった。パンフレットを見つめていた相手が上目遣いに男を見返した。

「ところでさあ、この金額は表の値段なんだろう。ほら、セールスマンは皆自分の手持ちの枠がなんぼかあるんでしょう」

上手《うま》く運びそうなタイプと思っていたが、案外とゴルフ会員権のことには詳しかった。

「……ええ、まあ、しかしそれは数口まとめて頂いた方とか、かなりのお客さんをご紹介いただいた方でないと」

「それで、紹介したとして、いくらなの」

「それはちょっと……、私が個人で持っている最後の一口ですから」

「あっそう、じゃあそれは一次募集の金額だね」


午後からその社長の紹介で新宿、笹塚と回った。二件とも無駄足で、最後に残った一件の麻布の喫茶店を訪ねた。

商店街の一角にあるちいさな喫茶店の主人は名刺を出して奥に入ろうとするなり、

「あんたさあ、素人を欺《だま》すような勧誘をしない方が、身のためだよ。そのコースは危ないんだよ。去年からずっと出回ってる物件なんだろう。こっちはさ、銀行から調べてもらって内容はわかってるんだ」

短髪の主人の強い口調に、店にいた客が一斉に男の方を見た。

「三、四人紹介したくらいで、三百万円も安くなるゴルフコースがあると思ってるの。それでそのコースがパンクしたら、あんた責任を取ってくれるの。この界隈《かいわい》では、いい加減な商売はさせないよ。帰んな……」

店を出て男は歩き出した。麴町の方も俺が断っといたからな、と主人の吐き捨てるような声が背後でした。

二

ポーン、ポーンと硬式テニスの軽やかな打球音が森蔭から聞こえていた。

男は公園のベンチに腰かけて、水銀灯の下で、チロチロと滴《しずく》を流す水飲み台を眺めていた。仙台坂を上がってから、あまりの足のけだるさに男はふらふらとこの公園に入った。

先刻の喫茶店の主人の顔が浮んだ。

『あんたさあ、素人を欺すような勧誘しない方が、身のためだよ』

まったくだ。男はポケットからショートホープを出してゆっくりとくわえた。火を点《つ》けて、タバコの煙を足元に吐き出した。煙は男のくたびれた靴にかかってから、足元をさらう風に消えていった。

――もうこの商売もここらで終りだな。まったく何をやってもうまくいかない人間だな、俺って奴は――

男はため息をついて、タバコを捨てた。そうして明け方、妹の夢を見たことを思い出して、そら言わないことじゃない、何か厄介なことに出くわすと思った、と独りでうなずいた。腕時計を見た。会社に一日の報告を入れる時間がとうに過ぎていた。しかし電話をする気力もなかった。

リード、リード、バックとかん高い声が遠くで響いていた。男は皮鞄の中から、残っていたゴルフ場のパンフレットを出すと、それを袋からひとつひとつ取り出して小さな紙片に引き裂いていった。その紙片をすっかりゴミ箱に捨て終ると、空になった鞄から印鑑と朱肉のケースを取り出して上着のポケットにしまいこんだ。鞄を振ると、手付け金を受け取った時の領収書が音を立てた。いっそのことこの鞄も思い切って放り投げてやろうかと思った。しかしそうしたところで、今の男のやるせない気持ちが変わるものではなかった。

——いったい、いつから俺はこんなふうになってしまったんだろう……。

男は東京へ出てきてからの、二十年余りの時間を考えてみた。大学を中退して、田舎の先輩の紹介で生地《きじ》問屋に就職した。五年勤めたその会社を上司と諍《いさかい》をして退《や》めてしまった。その時、男は結婚をして子供がいた。会社を退めてから再就職をしたが、どこへ行ってもうまくいかなかった。酒を飲むようになった。ギャンブルに夢中

になった。気が付いた時は、妻は子供を連れて実家に戻り、男は独り暮しになってい
た。三十歳を過ぎてからは、一年毎に会社を変わった。ひどい時は一ヵ月とか二週間で退めてしまう時もあった。そうなると居心地の良い職場などあるはずがなかった。職種も段々に、その日暮しのような責任のない仕事になっていた。結婚をし、朝子供と妻に送られて自家用車で家を出た自分は、今はまったく別の男に思えた。

——どの辺りで、こんなふうになってしまったのだろうか——

考えても男にはわからなかった。男はうつむいたまま自分の手の平を見つめてみた。

「ちょっと、いいですか」

ふいに声がして見上げると、眼鏡をかけた同年輩くらいの男が黒いバッグを持って目の前に立っていた。

「ここ使っていいですか」

と男の座っていたベンチの片方を指さした。

「あっ、どうぞ」

眼鏡の男はベンチに座ると、バッグからユニフォームを出して、着換え始めた。

男は先刻から聞こえていたかん高い声のする方を覗いた。すると夏草のからまった

金網のむこうに、カクテル光線の下で野球をしている人たちが見えた。

こんな都心の真ん中に野球場があるのかと驚いた。四方を金網で囲まれたグラウンドは夜間照明もあり、小さいなりにベンチ、スコアボード、外野には新緑の芝が光っていた。眼鏡の男はベンチのそばに立って、アンダーソックスを履き、スライディングパンツの紐をしめていた。

公園に一人、二人とユニホームを着た男たちが集まってきた。ユニホームに下駄履きの者もいたし、髪の毛を染めている若者もいた。

「監督、渡部が遅れているんですよ」

眼鏡の男は、そのチームの監督をしているようだった。

「あいつまたか、電話は」

「ないんですよ。でもアザミのママに言《こと》づけはしときましたから」

眼鏡の男は舌打ちしながら、バッグの中からグローブを取り出した。グローブのオイルの匂いが、ぷうーんとした。男はその匂いが好きだった。なんとなく眼鏡の男が好ましく思えた。

「野球ですか」

「もう草、草野球ですよ」

眼鏡の男は笑いながら帽子をかぶって空を見上げ、

「降らなきゃいいんですけどねえ」

とグローブを叩いた。

三

二回表、ランナー二、三塁の場面で男はバッターボックスに立つことになった。

「おじさん、次だよ」

髪を赤く染めた次郎と呼ばれる若者に言われて、男はベンチの脇に並んだバットを手に取った。それは金属バットだった。男は金属バットを手にするのは初めてだった。男が野球をしていた頃は、まだ金属バットはなかった。スイングしてみると重いように思った。それにバットの芯《しん》がどのあたりにあるのかわかりづらい気がした。男はそばにあった木製のバットを取った。スイングをした。

「へえ、おじさん、ぎっちょなんだ」

とベンチの中から、赤毛が物珍しいものでも見るように聞いた。

「ええ、まあ」

と男は答えて前のバッターが三振をして帰ってくるのを見て歩き出した。

「コントロールないから、早打ちしないようにね」

と眼鏡の、監督の神山が男に声をかけた。

「は、はい」

男は自分の顔が熱くほてり出しているのに気づいて、大きく息を吐いた。バッターボックスに立つと、

「おっ、新顔だね」

とキャッチャーが言った。ピッチャーは若い、いかにも力投型のタイプで、一球投げるたびに声を出していた。一球目は真ん中に来た。思ったより速い球だった。二球目は外角高目のボール気味の球だった。ストライク・ツーと審判が手を上げた。

「少し高くないか」

と男は審判に言った。

「絶好球よ、バッター」

とキャッチャーがマスクの奥から白い歯を見せた。そうして大声で、

「もう一球、真ん中でオッケーだよこのバッター」

とピッチャーに言った。ピッチャーもうなずき返した。男は身体が固くなりそう

で、バッターボックスを外《はず》して、ひと握りバットを短くもって軽く素振《すぶ》りをした。皮靴の足元が滑りそうだった。

ミート、ミートだぞ、と背後で味方の声がした。そうだミートだ、と男もつぶやいた。三球目も真ん中に入ってきた。男は強振した。鈍い音がして、男の打った球はサードの方へ小飛球となって飛んだ。サードがバックしようとした途端、足元をとられて足をもつらせた。男の打ったボールはサードの後方にポトンと落ちて、ファールグラウンドの方へ転がった。回れ、回れ、とサードコーチャーと味方ベンチの声がした。男は夢中で一塁にむかって走った。雨が顔に当たった。ファーストコーチャーが腕をグルグルと回していた。男はファーストベースを蹴ってセカンドに向かった。その時左の靴が脱げそうになり、男は靴を引きずりながら走った。片方の靴が脱げたまま男はセカンドベースを見た。背後で、滑れ！　とコーチャーの声がした。男は頭から夢中になって飛び込んだ。しかし男の伸ばした手を二塁手のグローブがポンと叩いて、

「おじさん、甘いんだよ」

と若い二塁手は笑った。泥だらけになったユニホームをはらっていると、ベンチから大きな拍手が聞こえた。グローブを取りに戻ろうとしたら、赤毛の次郎が彼のグロ

ーブを持って笑って走ってきた。

「ナイスバッティング。やるじゃん、おじさん」

と男にグローブを投げて、ウィンクをした。男は恥しいような気持ちになって、ライトの守備位置にむかった。

「おじさん、靴持っていかないと」

と次郎が言った。


先刻、男はベンチで人数が足らなくなって顔をしかめていた眼鏡の男を見ていて、つい自分から声をかけてしまった。どうしてそんな大胆なことを言い出したのか、自分でも不思議だった。

ユニホームを渡されて、男は着換えながらたまに野球をしてみるのもいいだろう、と思った。半分はどうでもいい気分もあった。しかし、チームに加わって神山という男をじっと観察をしていて、うらやましいような気がした。髪を染めた若者や生意気な口をきく男が神山に文句を言いながらもひとつになってついて来ていた。野球の腕前は別として、全員がこの草野球にひたむきになっていた。たぶんいろんな職業の男達の集りなのだろうが、ユニホームを着てグラウンドに並んだ時、神山のチームには、男を除いて八人の連帯感のようなものがあった。神山は本当に野球が好きなように見えた。野球にそれほどの魅力があるとは、男は考えていなかった。しかし目の前でチームの一人一人に適切な指示をしたり、バッターに声援を送る神山の顔には、大人の男の真剣な表情があった。それが不思議だった。そういう野球を男はそれまで知らなかった。男がチームに加えてくれと申し出た時の、神山の眼には、彼の内側まで見てしまうような力があった。

四回の攻撃の時に、味方の投手がランナーに出ていて足をくじいてしまった。監督の神山が、次郎に投げろと言った。次郎は、俺、肩が抜けたままだもの、と首を横に振った。神山は、渡部はまだ来ないのか、あん畜生《ちくしょう》、と言ってにが虫を嚙みつぶしたような顔をした。神山はもう一人の若い選手に声をかけた。ストライク入んないからな、俺、とその若い選手も嫌な顔をした。神山はベンチの中を見回した。

「あの……」

と男が声を出すと、全員が男の顔を見た。

「その人が来るまで投げましょうか」

男はマウンドに立って、ミットを構える神山を見た時、こうしてマウンドに立つのは何年振りだろうと思った。男は皮靴を脱いでいた。投げてみると男の球は、彼が想像しているより山なりのボールになって、神山のミットに入っていった。それでもなんとかストライクは投げられるようだった。

四回裏に二点。これは相手の四番打者に打たれたホームランだった。その選手はなんでも少し前までプロにいたと、次郎は言っていた。五回裏は零点におさえた。味方が六回に集中打を放って、七対五で味方のチームが逆転をしていた。ベンチの中が活気づいていた。男は六回裏のマウンドに立つと、自分でも指先にボールが上手く引っかかり始めて、ボールも速くなった気がした。キャッチャーの神山が、カーブのサインを出しても、ちゃんと神山の構えるミットに球はブレーキがかかりながらおさまるようになっていた。ピッチャーゴロを返球したファーストの選手が男にナイスピッチングと笑って声をかけた。

四

男が育った町は、本州の南端の日本海沿いにある城下町だった。男が物ごころついた時には、父親はすでに家にはいなかった。子供は彼の下にひとつ違いの妹が一人いた。母と三人、母の実家で暮した。祖父が野球好きで、彼は子供の頃から祖父と九州の野球場へプロ野球を見学に出かけたりしていた。

祖父は父親代りのように幼い頃からキャッチボールの相手をしてくれた。自然に野球が好きになり、日が暮れるまで毎日野球をした。彼は同じ年齢の子供より恵まれた体格をしていた。投手としてめきめき腕を上げていった。中学に入ると一年生でいきなりエースに抜擢《ばってき》され、三年間負け知らずだった。野球好きの町でも話題の選手になっていた。周囲の人も将来はプロ野球選手になれるのではと噂をした。彼もそうなることを自分の夢とするようになっていた。

中学の卒業がせまった晩秋、町に、九州のプロ球団の監督とその娘婿であるスタープレーヤーがやってきた。当時、その球団は中学を卒業する有望な選手を二軍に入団させて定時制高校に通わせながら、新人の育成をしようとしていた。

日本でも一、二を争う名監督と怪童と呼ばれた強打者の訪問は町の人たちには事件だった。町の人たちはあらためて彼の才能を見直した。スカウトを伴って男の家を彼等は訪ねた。祖父はその球団と監督の大ファンだった。喜んでいた。しかし入団の申し入れは孫が野球を失敗した時のことを懸念して、せめて高校は卒業をさせたいと、その話を断った。

彼はどこの高校に進学するか迷った。甲子園に出場している県内や近県にある名門校の監督やOBが彼の家を訪ねてきて、勧誘をした。男も甲子園に出場して、晴れの舞台で活躍したいと思っていた。しかし母が一人息子が町を出てしまうことを賛成しなかった。

彼は地元の高校に入学をした。入学してすぐ主戦投手としてマウンドに立った。男はエースとして投げ続けた。県内でベストエイトまで行くのだが、そこからが勝てなかった。味方のエラーやワンヒットで負けることが多かった。それでも毎試合十個以上の三振を奪う彼のピッチングは高校選手の中では、きわだっていた。

彼は甲子園に行きたかった。夏の予選に敗れて、テレビ中継に映る球児の活躍を見るたびに、自分があのマウンドに立っていれば、きっともっと評価を受けるだろうと確信をしていた。それが口惜しくて仕方なかった。

最後の夏が来て、彼は甲子園を目指してマウンドで好投を続けた。その甲斐あって彼のチームは県の決勝戦まで勝ち進んだ。

決勝戦の彼の調子は絶好調だった。八回表の攻撃が終って、彼のチームは二対一でリードをしていた。残り二回を投げ切れば彼が夢にまで見た甲子園の出場がはたせた。先頭打者を三振に切ってとり、次の打者をピッチャーフライに打ちとった。ツーアウトの後、小柄な打者がサードゴロを打った。三塁手がそのゴロを後逸した。彼はマウンド上で三塁手を睨みつけた。そういうプレーはこの三年間に何度もあった。二死走者一塁、彼はセットポジションでの投球が苦手だった。その彼の弱点を知っている相手チームは一球目からスチールをしてきた。同点のランナーが二塁にいることで相手チームのベンチと応援団がわき上った。三番打者の打球が三遊間に飛んだ。つまった当りだったが、ランナーと三塁手が交錯して、三塁手はその球をハンブルした。ランナー一、三塁で、その試合の唯一の打点をたたき出していた四番打者がバッターボックスに立った。大きな身体をしたその打者は、甲子園でも活躍をして、マウンドに立つ彼と同様にプロのスカウト達に注目されている選手だった。むしろ彼以上の評価がその打者にはあった。しかし彼にはこの相手を打ち取る自信があった。

その時、ベンチから伝令が飛んできた。控えの二年生がマウンドに来ると、

「藤野さん、監督が敬遠をしろと言っています。満塁策をとって次の打者で勝負しろということです」

男はベンチを見た。監督はベンチの中で立ち上り右手でファーストの方角を指さしていた。ホームから捕手がやって来た。

「危険じゃない方を選ぼうよ。監督の言う通りだと思う」

と男の目を見て言った。

「俺のピッチングが、あいつに負けると思うのか？」

と男は捕手に強い口調で言った。

「いや、そう言ってるんじゃない。次の打者は今日これまで皆三振に取っているし、危険を避けるべきだろうと思うんだ」

捕手は男の表情にたじろぎながら言った。

「勝負をしたいと監督に言ってくれ」

と男は捕手に言った。捕手は黙ってベンチの方へ走った。男はもうベンチを見なかった。

チームは彼が完封をしなければ負けてしまうことが多かった。そんなチームしか作れなかった監督の力を彼はどこかで小馬鹿にしていた。しかしそれ以上に彼はスタンドにいるはずのプロのスカウトの目を気にしていた。対するバッターにそれだけの評価があるのなら、それ以上の力が彼にはあるところを見せつけてやりたかった。

彼は一球目を外角ぎりぎりにストレートを投げた。自分でも自信のある球だった。審判の手が素早く上がってストライクを宣言した。その時、一塁の走者がスチールをしていた。彼はワインドアップモーションで投げていた。二球目も同じ外角へストレートを投げた。ツーストライク。捕手がウエストボールを要求した。彼はこのまま一気に勝負をつけたかった。実際、彼の投げる球はその日で一番と思えるほどよく伸びていた。その時、バッターが手を上げて打席を外した。そして次の打者の待つウエイティングサークルに寄ってロージンバッグをもらっていた。

彼はプレートから足を外して、自分がひどく汗をかいているのに気づいた。空を仰いだ。抜けるような青空だった。そうしてスタンドに目をやった。すべてのものが静止しているような不思議な感覚だった。バッターが戻ってきて構え直した。彼は左足を大きく上げて、インコースの低目に全身の力をこめて投げ込んだ。バギンとバットの折れた音がした。彼は一瞬見失ったボールを探した。打球はフラッと舞い上がって一塁手の頭上に向かっていた。捕れるぞ、と彼は口走った。小飛球を追う一塁手と二塁手がスローモーションのようにあえぎながら右翼ラインに進んだ。打球は一塁手のグローブを避けるように落下した。

その一球で彼は最後の甲子園へのチャンスを失なった。試合の後、彼は涙を流しているナインを無視して、アンダーシャツを着換えていた。

テレビで夏の甲子園の熱戦が放映される頃、何人かのスカウトが彼の家を訪ねてきた。前年に始まったドラフト会議に対して、彼等は指名をした後の入団の確約を申し出た。

その夏、彼は野球の練習を休んで遊んだ。祖父と野球を始めてから十年間余り、彼は自分が初めて野球をしない夏休みを経験した。

友人達と近くの海へ出かけた。彼は肩を冷やさないために海には入らず、もっぱら海岸で遊んだ。夜は友人の家に泊って、煙草を吸ったり酒を飲んだりもした。

ある夜、彼は友人に誘われて夜の別荘地を見て回った。見るというより、それは覗き見であった。友人たちと同様に、彼も若い肉体をもてあましていた。夜の海辺は何組もの男女が遊んでいた。彼は友人たちとそんなアベックをひやかしながら歩いた。

一軒の別荘地から、陽気な女たちの声がした。彼等はその家の庭に入り、そこで口笛を吹いて声をかけた。女たちは宴会をしていたのか、彼等を家に招き入れた。この辺りでは見かけない女たちだった。交わす会話も都会の話し方で、皆酔っているように見えた。彼はウィスキーを飲んでいるうちに、中の一人の女が彼に誘うような視線をしているのに気付いた。彼がトイレに立つと、女も立ち上がって後からついてきた。そうして彼をじっと見て、あとで帰ってきて欲しい、と耳打ちした。

彼が灯りの消えたその別荘に入ったのは、それから小一時間経った頃だった。女も彼に気付いて戸を開けた。家の奥で子供の声がしたように思った。彼は先刻、女たちと酒を飲んだ部屋で女と重なり合った。女は彼の身体のいたるところに頬ずりをしたりキスをした。闇の中で、二人の荒い息遣いだけが聞こえた。

その時、部屋の灯りが点いた。彼は驚いて顔を上げた。ドアが開いて、そこに男が立っていた。大声で男が怒鳴った。女は、助けてと叫んでその男の後ろに逃げ込んだ。彼は訳が解らなかった。強盗よ、と女が男にヒステリックな声を出して言った。彼はとっさに自分の衣服を持って、男のいるドアの方へ突進した。男がむかってきた。彼は男を押し倒して表へ駆け出した。背後で何かが壊れるような音がしたが、彼は海岸を走り友人の家へ転がり込んだ。

彼の家に私服の警察官が来たのは、その数日後だった。事件は彼が考えていたよりはるかに大きな事件に発展した。

何よりも新聞が大きく報道をした。強盗傷害、彼が押し倒した男はテーブルに左の眼を打ちつけ失明寸前までの重傷をおっていた。その男はあの女の夫であった。

甲子園で優勝した選手たちの凱旋の写真と彼の事件が、明と暗のように大きく比較報道をされた。彼の高校の野球部は一年間の公式試合の出場停止を勧告された。彼に対する処分もあり、通っていた高校を退学となった。悪い時には悪い事が重なるもので、たった一人の妹が交通事故で死んでしまった。妹は兄の事件で肩身の狭い思いをしていたろうに、一言も彼を責めるようなことを口にしなかった。病院で見た妹の顔は外傷もなく死んでいるようには思えなかった。

彼の気持ちに追打ちをかけたのは、妹の自殺の噂だった。兄の所業を苦にして妹が自殺をしたという町の噂は、気丈な祖父の神経をも変えてしまった。祖父は寝込むことが多くなった。明るかった家が一度に暗く陰気に変わった。

あれほど通ってきていたプロのスカウトたちも、連絡もして来なくなっていた。彼は世間の彼に対する目の変わりようを見ながら、つい半年前まで町の英雄だった自分が、他人の話のように思えた。町を歩いていてもいつも向こうから声をかけてきた野球好きの床屋の主人や、八百屋のオヤジの彼を見る目に、大人の怖《おそろ》しさのようなものを感じた。

隣り町の高校に入り、彼は逃げるように東京の大学へ行った。祖父の死の知らせがあったのは、彼が大学の二年生の夏だった。彼は大学を退学して、小さな生地問屋に就職をした。そしてその会社で出逢った女性と結婚をした。娘が生れ、彼は平凡に生きようとした。彼はあの事件以来、酒を慎むようにしていた。それでも小さな会社ながら五年勤めて係長になっていた彼は酒の席で上司とやり合ってしまった。別に暴力をふるうつもりではなかった。酒に酔った上司が彼にむかってくるのを避けているうちに、上司は怪我をしてしまった。彼の過去を知っているものがいなければよかったのだが、ひょんなことで彼を知っている人間が上司の友人にいた。

彼はその会社を退職した。酒を飲むようになった。再就職をしてもうまくいかなかった。妻に手を上げることが多くなった。帰らない日も目立ち始めて、気づいた時は独り暮しになっていた。

五

「ねえ、おじさん、野球やってたの？」

と赤毛の次郎が笑いながらベンチの中で話しかけてきた。

「ええ少しですが」

「少しじゃないんじゃない。甲子園か何か？」

「いいえ、甲子園なんかとても行けなかった、田舎の高校でやってたんですよ」

「ふうーん」

赤毛は考えるような顔をしてから、

「頑張ってよね。あと一回で俺たち久し振りに勝てるんだから、あのチームにはここ二年間勝ってないんだもんな。プロくずれとか、甲子園出身とか引っ張ってきては、でっかい顔してんだよ、あのチームは」

苦々《にがにが》しい顔をする赤毛の話し方が可愛らしかった。

「大丈夫？」

と背中を監督の神山が叩いた。

「血が出てるじゃないか」

男の右足の親指の外側が切れて血が流れ出していた。ファーストの佐々木がバンドエイドを持ってきた。

「大丈夫ですよ、本当に」

と男は身を引いた。

「いいんだよ、おじさん。ちょっと貸してみな」

と佐々木は強引に男の右足を取った。男はくすぐったいような気がした。

「どうもすみません」

「いいんだって、俺も勝ちたいからよ。大事なエースにこれっくらいはね」

と片目をつぶった。彼は野球をしていてこんな温か味を感じたのは初めてだった。

七回裏、最終回のマウンドに男は立った。男はマウンドにむかう時、このチームのためにこの試合を勝ちたいと思った。相手は下位から上位打線に回る。一球目を投げるとボールは神山のミットに音を立てておさまった。審判が右手を上げた。ナイスピッチングと彼の背後でセカンドの赤毛の声がした。それは赤毛だけでなくサードからも外野からも聞こえた。その打者はサードフライでワンアウトになった。あとふたつ、と赤毛の声がした。雨は強くなっていたが、男には少しも気にならなかった。二人目の打者は初球をドラッグバントをした。バットの下に強く当った打球は、軟式ボール独特のバウンドをしてサード方向へ転がった。サードが追いついて一塁へ投げたが間に合わなかった。次の打者はツーストライクをとってから、しつこくファウルを続けた。男は根負けをして、その打者に四球を出した。次の打者は三振にしとめた。ツーアウトである。あとひとつ、とナインの声がした。次は左バッターで、前の打席でヒット性の当りを打たれていた。

男は慎重にアウトコースに投げた。しかしバッターは彼の球を上手くとらえて、マウンドに立つ彼の足元に打ち返した。あわててグローブを出したが打球は彼のグローブの土手に当たって抜けていった。赤毛がその打球をかろうじて止めていた。満塁である。次のバッターは前の打席でホームランを打たれたもとプロと赤毛が話していた選手だった。スイングをしている打者は、男が見ていても野球のレベルが違っていた。男は振り向いてグローブの中のボールをふいた。

「ピッチャー、頑張ってな」

と赤毛が片手を上げて、親指を突き立ててそれを地面の方にむけて、たいした打者じゃないよ、とサインを送った。そうだな、たいした打者ではない。俺にはあいつを打ちとる自信がある。俺があいつに負けるはずがない。と自分に言い聞かせた。

その時、男は急に足がすくんだように思えた。この状況は……、そうだ、二十数年前のあの夏の真昼と同じだと気付いた。すると今しがたまで気にならなかった雨や濡れたグラウンドからの冷気が男の足元から背筋に抜けて、ブルブルと身体が震えはじめた。男はバックスクリーンの方角を見つめたまま立ちつくしていた。

「どう肩の調子は？」

ふいに背後で声がした。肩を摑《つか》まれた。

「寒いから、早くやっつけてしまおうよ」

神山だった。マスクを外した神山は笑って男を見ていた。

「ねえ、このバッターは勝負はよそうや。二点リードをしてるんだもの。危険なことは避けよう。歩かせるからね」

神山はそう言って男の尻をポンと叩くと、内野、外野にむかって、

「今日はもらうぞ」

と大声で叫んだ。ナインの声がひときわ大きく返ってきた。

六

青紫色の菖蒲の花が風にそよいでいた。水銀灯の明りの下で、薄緑色の池の水面《みなも》が揺れていた。さわさわと葉音が聞こえた。

雨の上った有栖川《ありすがわ》公園の池の縁《ふち》に、男は腰をかけてぼんやり水面を見つめていた。男のそばに、皮鞄と皮靴が揃えて置いてあった。男はこんな満ち足りた気分で、池の水を眺めているのは、たぶん生れて初めてのような気がした。東京に出て来てから、男はいつも何かを探すような振りをして、実は自分が何も見てはいなかったように思

えた。

　右の足先に、先刻一塁手の貼《は》ってくれたバンドエイドが半分はずれかかってついていた。するとあの時ベンチで強引に男の足を持ったあの一塁手の手の感触が思いかえされた。くすぐったいような気がした。男は足先を、そっと水につけた。小さな波紋が、ゆっくりとひろがった。ぽちゃり、と池の真ん中で音がした。見ると池の中央から少し大きな波紋が立って、水に浮ぶ水銀灯の明りを揺らした。鯉か鮒でもいるのだろう。

　その時、男の足先のすぐ脇の水面を小さな影がふたつ、みっつ走った。また雨かな、と男は空を見上げた。夜雲が切れて流れていた。星も見えていた。水に目を戻すと、細い波紋と小さな細い影が動いた。目高《めだか》にしては小さい。息を止めて見つめると、それは二匹、三匹と水面を遊ぶ水澄《みずすま》しだった。

　燕といい、水澄しといい、今日は懐かしいものに出逢う一日だと思った。男は、水の上を器用に方向を変えながら動き回る水澄しを見ているうちに、妹の顔が浮かんだ。その妹の顔は、今朝方夢で見た高校生の時の妹の顔ではなく、もっと妹が幼い時の横顔だった。彼女はおさげ髪を頬に垂らして、口をすぼめるようにしていた。小さなかたえくぼが見えた。

「ねえ、どうして水澄しは水の中に入らないの？」

たしかに妹は、あの時そう言った。あれは自分に質問をしたのだろうか。いや、そう質問したのは、幼い自分だったかも知れない。そうだ、あれは自分が母にたずねたのだ。お城の夏祭りの夜に、母と妹と三人で城跡の池のほとりに腰をかけていたのだ。妹の浴衣の朝顔から母の薄紫の着物の色までが男の眼に浮かんだ。

「水澄しは水の中には入れないよ。水の中はコワイところだもの」

そう母は答えたのだ。その時の母の声の調子までが、耳の奥に鮮やかに聞こえた。あの夜は、城の桜並木に提灯《ちょうちん》が無数に光っていた。三十数年前に、たった三人で顔を寄せ合って交わした言葉や、表情がふいに思い出されて男は嬉しかった。ささやかなことなのだろうが、あの池のほとりにいた自分も母も妹も、しあわせだったような気がした。

水澄しは水の中には入れないよ。水の中は怖いところだもの……、その言葉をもう一度つぶやいていると、危険なことは避けよう、と笑って言った神山の顔が浮かんだ。

そうだな、危険なことは避けなくちゃあいけなかったんだ。子供にだってわかり切ったことが、自分にはわかっていなかったことを、男は雨のマウンドで言われたことに気付いた。野球につまずいてから、男はわざと危険な場所を選んで生きてきたように思った。

「そういうことか」

と言ってから、男は指で鼻をつまんだ。鼻の奥からツーンと、苦いものがおりてきた。男は身体を起こして、ポケットの靴下を探した。靴下がなかった。メモ書きが出てきた。そうだ、試合が終った後、みんなに今夜の試合の祝勝会に誘われたのだ。メモ書きに記された地図を見た。六本木なら歩いてもそう時間がかからないだろう。赤毛の次郎の顔が浮かんだ。男は神山に少し野球の話を聞いてみたかった。鞄と靴を持って男は立ち上がった。男は歩き出す前に、もう一度池を見つめた。水面に、虫の影はなかった。男は歩き出した。そうして自分に言い聞かせるようにつぶやいた。

まず、靴下を買わなくては……。

残塁

一

津森謙二郎《つもりけんじろう》から思いがけない葉書きをもらったのは、その年の春先のことだった。定規《じょうぎ》で計ったような几帳面《きちょうめん》な文字で、一枚の葉書きに余白のないほどの文面が綴《つづ》られていた。

——前略、突然の便《たよ》りを受け取って驚いていることでしょう。自分は貴君《あなた》とT大学野球部で一緒だった津森謙二郎です。先日、偶然に雑誌で貴君のインタビューの記事を見つけてなつかしくなり筆をとりました。今年の正月に二十年振りで野球部の同期会を開き、その時に貴君の名前も出ました。卒業後どうしているのだろうかと気になっていましたが、偶然妻の買ってきた雑誌に貴君の記事があり驚きました。現在自分は池袋に戻りちいさな焼き鳥屋をしています。近くに来られた折にはぜひ寄って下さい。

豊島区西池袋××町……――

右上りの癖のある文字が懐かしかった。読んでいて嬉しいと思う気持ちと、半面逢って津森の顔を見るのが怖いような気持ちがした。すぐに返事を書かなくてはと思っていたのだが、丁度《ちょうど》その春から関《かか》わった仕事が夏を過ぎてしまい秋の終りになってやっと一段落着《つ》いたので、私は十一月になって葉書きに記された〝鳥しん〟という名の津森の店へ電話を入れた。

「もしもし鳥しんさんですか。津森さん、いらっしゃいますか」

電話に出たのは若い女の声だった。私は自分の名前を告げてから電話を待った。

「いやあ元気ですか。ああびっくりした。嬉しいなあ。葉書き着きましたか……」

津森は電話口のむこうで興奮している様子だった。その口調に私も気持ちが楽になって近々店を訪ねることを約束した。

当日、私は床屋へ行って髪を整えた。別に恋人に逢いにいくわけではないのだが、なんとなく身綺麗《みぎれい》にして彼に逢いにいきたかった。

「珍しいですね。ネクタイをしてるなんて。パーティでもあるんですか」

行きつけの床屋の主人は鏡の中の私の顔を見て言った。

「でもないよ。同窓会のようなもんにね」

「そうですか。お久しぶりで」

「二十二、三年振りになるのかな」

「じゃあずいぶんだ。皆さんいいお歳になってらっしゃるでしょうね」

私は津森の顔を思い起した。彼の顔というより特徴のある眼が浮んだ。まつ毛の長い、一見女性のように思える眼だった。笑っている時は可愛い少年のようだが、上級生に殴られている時は、もの哀しい女の眼に見えた。

髯《ひげ》を剃《そ》りはじめた主人のカミソリを見て私は目を閉じた。


津森謙二郎は二十三年前、私と同期でT大野球部に入部した。私が彼を最初に見たのはその一年前の夏だった。毎年T大学野球部は新人選手獲得のために実技の審査を行なっていた。そのセレクションに集まった二百人近い高校生の中に津森はいた。甲子園で活躍したり、プロ野球からも勧誘されている有望選手が大勢いた。しかしその選手の中でも津森の野球のセンスはきわだっていた。津森も私も同じピッチャーのポジションだった。私は津森のピッチングを初めて間近に見た時、こんなに美しいピッチングフォームを身につけた高校生がいるのかと驚いた。大勢のピッチャーの列に並んで自分の順番を待っている時の彼はあどけない少年のように見えた。しかしいったんマウンドに立って、捕手の構えるミットを睨《にら》んだ瞬間、彼の全身からきらめくような光りが感じられた。見事なピッチングだった。右足を頭の先まで跳ね上げて重心の乗った左足のかかとをさらにひねりあげるようにする二段モーションから、上半身に巻きついた下半身と両腕を倒れるように傾けると踏み出した右足を大きくスライドして鳥が羽根をひろげるように両腕と胸をひろげて限界まで残された左腕を真上から振り下ろすダイナミックなフォームだった。地面に叩きつけたように見えた左腕から肘《ひじ》と手首は鞭《むち》のように粘《ねば》って、白球は彼の指先から、風を切って捕手のミットに切り込んでいった。ウォッと、第一球目から見守るコーチたちの感嘆の声が上がった。彼のフォームはそれまで見たどの選手のピッチングフォームより美しかった。この男は野球を、投手をするために生れてきたのだろうと思えた。二年の浪人生活でふしだらな暮しがたたって私の投手としての身体はもう使いものにならなかった。しかしそうでなかったとしても、私は彼の野球センスには敵《かな》わないと思った。

翌春入部してから、百人を越える野球部員の中で津森と私は一緒に行動することが多かった。同じポジションということもあったが、二人とも一年生の内から野球部の寮に入寮したことも理由のひとつだった。津森と私が共に過したのは、私が野球部を退部するまでの二年の歳月だった。

津森は卒業後ノンプロ球団へ行き、それからプロ野球に入団した。数年東京の球団に在籍してから最後は在阪の球団にいて引退したらしい。私はそれをスポーツ紙で読んで知っていたが、その後彼がどうしているかはまるでわからなかったし、津森は別世界の人間なのだと思うようにしていた。

青山通りの床屋を出た時、空は少しずつ薄紅《あか》く変わろうとしていた。別に時間を決めていたわけではないが渋谷までの道を急いだ。

宮益《みやます》坂から渋谷の駅へ降りようとした時、真向いに見える道玄《どうげん》坂のてっぺんに夕陽《ゆうひ》が落ちるところだった。立ち並ぶビルの群れが朱色に染まり、真下にある渋谷駅の周辺のネオンがポツポツと点《とも》り始めていた。それが夕陽の光りと重なって波のように揺れて、坂下が水彩絵の具を流した水入れのように映った。綺麗だ、そう思った瞬間、私は津森謙二郎に逢うことで自分がどこかはしゃいでいる気がした。

池袋の駅を出た時、私は街の変わりように驚いた。昔駅前にあったはずの古い時計店もなければバラック造りのマーケットの名残《なご》りもすっかり失《う》せていた。駅前の交番で葉書きに記された住所を尋ねて、私は二十年振りにこの街を歩き出した。低かった街並みは見上げる高層ビルに変わり、あの頃路地のあちこちにたむろしていた男も女も消えていた。私は二十年間この街に来ようとしなかった。その私の記憶の中に生き続けていた池袋の風景はどこにも見当らない。私はそれが津森のユニフォーム姿と重なって、彼もまるで別の人間になっているような不安な気持ちになった。

〝鳥しん〟のあるビルは繁華街から少し線路際《ぎわ》に寄った一角にあった。配管のむき出したビルの中の路《みち》を奥へ進むと、縄暖簾《なわのれん》に〝鳥しん〟の文字が黒く染まった津森の店があった。開け放たれた窓から焼鳥の匂う白い煙があふれ出て、店の中は大勢の客で混み合っていた。私は煙の中にまぎれるようにして店に入った。胸がときめいた。

「いらっしゃい、お一人で」

若い店員が言った。うなずくと入口に近いカウンターの丸椅子を出された。入ってみると案外と中は奥行きがあって大きな店であった。

「飲みものは？」

「ビールをもらおう」

「生《ナマ》で、壜《ビン》で」

「壜にしてくれ」

二十人近くの客が腰かけた大きなカウンターと奥には上がり座敷もあった。そこも満員だった。繁昌《はんじょう》しているんだ。商才があるんだな。私は津森の姿を探した。カウンターの中には三人の男が立ち働いていた。焼き場の前にいる男は若かった。煙にまぎれてよくは見えないが一番奥でなにやら庖丁持って仕事をしている男がいる。白い帽子をかぶっているが、あの背の高さは津森だ。そうだ、うつむいている横顔は若い頃の面影《おもかげ》が残っている。私は探しものを見つけた子供のように喜んだ。どうしよう、声をかけようか、津森は私に気付いてない様子だった。しばらく彼が気が付くまでこうしてここで津森の仕事振りを見ていたい気がした。野球以外の何をやらせても不器用だった男が、それも庖丁を手にして立ち働いている恰好はどこか滑稽《こっけい》で、可笑《おか》しかった。

私は鶏の刺身を注文して、津森の腕前を拝見することにした。私はわくわくしはじめた。こんなふうに津森と再会できると思っていなかった。

津森と私はいつも行動をともにしていた。グラウンドでもそうだが、大学の授業に出席する時も休日に外出する時も一緒だった。私は二浪をして野球部に入部していた。それは私の父がT大学のユニフォームを着て野球をする姿を見たいと願ったからだ。津森は年上の私に何かと相談をしてきた。津森にはどこか放って置くととんでもない失敗をやらかしそうなあやういところがあった。私にも津森のピッチングを見た時から、気持ちのどこかで彼を守ってやりたい感情が生れていた。

当時の大学の体育会は今と違ってまだ上下級生の規律が厳しかった。四年は天皇、三年は人間、二年はガキで一年ただの石っころと言っていた。怒鳴《どな》られるのは当たり前で殴られたり蹴られたりは毎日グラウンドの内と外で行なわれていた。それは旧軍隊の階級制度に似ていて上級生には下級生は絶対服従であった。制裁やシゴキは集団で行なわれていた。入部当初殴られて退部する選手も大勢いた。

それでも苦しいのは下級生のうちだけで、上級生になってしまえば極端な話、箸《はし》より重いものを持たなくていい生活になった。馬鹿げた話であるがそれをクリアーしなければどんなに素質のある選手でも試合に出ることはできなかった。そのことは逆に考えると才能のある選手が大勢の不合理に耐えられず消えていったことにもなるだろう。二十歳前後のまだ何もわからない若者の集団だから、時には追いつめた鼠《ねずみ》をもてあそぶ猫のように陰湿なシゴキもあった。しかし下級生という鼠は上級生という猫をかむことはなかった。だからかむことがあった部では傷害事件もあった。でもそれが表沙汰《おもてざた》になることはめったになかった。大切なのは大学の名前であり部の名誉と伝統であった。毎日がそんな日々であったのではない。すべての部員がそうではなかった。そんな一面を持っていた日々だったのだ。

初めて殴られた夜、津森は道具室の隅で泣いていた。肩を震わせおびえるような眼で、磨《みが》きかけの硬球にぽたぽたと涙をこぼしていた。

「慣れればなんてことはないさ」

「………」

「別に殺されるわけじゃあないし、ちょっと蚊に刺されたと思えばいいんだよ」

津森が唾を吐いた。血が混じっていた。

「なんだ口の中を切ったのか。歯を食いしばってないからだよ。馬鹿だなあおまえ」

泣いている津森を見ていると今夜にも逃げだしそうに私には思えた。

「おい、早いとこボール磨きを片付けよう。それで先輩の部屋を掃除したら近くの喫茶店へ行こうか。いい店見つけたんだ。誰も上級生が来ない店だぞ。な、津森」

刺身を食べ終えた時、津森が私の方を見ているのがわかった。私もじっと彼を見た。私は笑って手を振った。彼は驚いたような表情に変わると帽子を取ってカウンターを出て、こちらにむかって歩いてきた。

「いやあ、何時《いつ》来てたの？」

「さっきだよ」

「なぜ言ってくれないの」

笑っている私に津森は手を差しのべた。私がその手を握ると、痛いほど握り返してきた。

「忙しいんだろう今は。いいよ働いていて」

「いや、大丈夫だ」

「店がはねる時分に出直そう。何時頃だ？　十二時くらいか」

「いや、いいって」

「馬鹿を言うな。ちょっと寄ってみたい店もある。何時に終るんだ」

「十一時だ。でもいいって。おいビール持って来い」

津森は隣りに腰かけると、私の顔をまじまじと見て言った。

「変わらないな。少し痩《や》せたかな？」

「ああ運動してた頃よりはな、おまえは少し太ったか」

「太ったどころじゃないさ。ほら」

津森の腹は見事に出ていた。

「記事見たよ。演出家だってな」

「名前だけで何もしてないよ」

津森はビールが空《から》になると酒を持ってこさせた。あまり酒の強くなかった津森が目の前で冷やの酒を軽く飲み干した。それが二十数年の時間のあらわれのように思えた。

「今夜時間はあるんだろう？　ゆっくりしていってくれよ。今女房にも連絡をするから」

「ああ、そのつもりだ」

「女房も楽しみにしてたんだ」

その時、私たちの背後から大声がして、数人の客が店の中に入ってきた。

「よう、ケンちゃん。席は空《あ》いてるか」

いかにも上等に見えるスーツを着た恰幅《かっぷく》のいい男が片手で扇子《せんす》をあおぎながら立っていた。色白で顔は脂《あぶら》を塗ったように光っていた。常連らしい。

「社長、今夜はお早いですねぇ」

「そうだ。この連中におまえのところの鳥を食べさせてやろうと思ってな」

連れだって来た部下らしい男たちが津森に挨拶《あいさつ》をしていた。

「あとからもう五人来るぞ。マドンナはいないのか？」

「もうすぐ来ますよ。今連絡するところですから。社長先週のゴルフ良かったそうですねえ」

津森が言うと、社長と呼ばれた男は腹をかかえて笑った。こんなお愛想が津森の口からすらすら出たのに私は驚かされた。二人のやりとりを聞いていて、目の前の男があの津森と同一人物には思えなかった。少し無気味なような気もした。

二

店がはねる時刻に戻ると言って、私は〝鳥しん〟を出た。ちょっと寄りたいところがあると津森に言ったのは、学生時代に通った〝黒テキサス〟という名の店だった。その店がまだそこにあるとは思えなかったが、私はその店のママに逢いたかった。表まで出て来た津森に、

「黒テキはまだやっているのか?」

とたずねた。津森は一瞬顔を曇らせた。

「あけみママは死んだよ」

「……そうか、いつのことだ」

「おとしの暮れだ」

「病気か」

「……火事で死んだんだ」

「店がか」

「違う、アパートが火事になって」

「じゃあもう店もないわけか」

「いや店は妹さんがやってるらしいよ。でももう昔とはまるで違った店になってる」

「そうか、まあのぞいてみるよ。悪いがどう行けばいいんだっけな。久しぶりに来たら、まるで道がわからないんだ」

津森は少し意外な顔をして私を見た。

彼の教えてくれた通りを歩いても、私の記憶の中にある当時のこの街の匂いはなかった。私は〝黒テキ〟のある界隈《かいわい》に行ってみたかった。あの狭い路地なら、私と津森が若かった頃の時間を発見できそうに思った。たしか昔コの字になった路地を囲む横丁だった場所にはビルが建っていた。そのビルの裏手に回ると、三軒の小さな店が並んでいた。そこだけがとり残されたように薄《うす》灯りの看板を点《とも》していた。客引きの男が二人寄ってきて、遊んでいかないかと声をかけた。男たちの顔を見ると私は気持ちが安まる気がした。私は黙って男の横を抜けて〃黒テキ〃と水色の看板に矢印で地下と記された店のドアの前に立った。ドアも水色だった。昔は真赤なドアでそこにカウボーイ・ハットをあしらった黒い木の切り抜きの絵と文字が貼り付けてあった。それでも名前が残っているだけでも救われたような気がした。ドアを開けて地下への階段を降りると、カラオケを歌う男の声が聞こえた。靴音で気付いたのかカウンターから女が私を見上げて笑った。

「いらっしゃい。お一人ですか」

女はフィリピン人のようだった。まだ若い。二十歳くらいだろう。奥のボックス席に男が一人、女と歌を歌っている。

「なに飲みますか」

「ウィスキーがいい。水割りにしてくれ」

水割りを飲みながら女と話をした。話しながら私は店を見回した。壁のしみでも、何か小物でもいいから私は二十年前の形見のようなものを探した。

カウンターの女が外へ出て替わりに奥にいた女が中に入った。赤いブラウスを着た髪の短い女だった。この女がママの妹なのだろうか。ママとはまるで違った顔立ちをしている。五十歳は越えている。いやもっとなるか。

「お客さん、初めてね」

「ああ、ちょっと遊びにきてね」

「珍しいね。うちの店にぶらっと一人で来る人あんまりいないものね」

私はさっきの客引きの男たちは、ひょっとしてこの店の者かもしれないと思った。

「昔、この店によく来てたんだよ」

「あっそう、いつ頃？」

「二十年前くらいかな」

「じゃあママ知ってるんだ」

「そう、あけみママね」

「あけみじゃないよ。ここはきよこママだよ」

「…………」

津森の話といい、この女の話といい私は自分の過去が最初からこの街にはなかったような錯覚がした。棚の時計を見た。津森の店へ戻るまでにはまだ小一時間あった。女はビールを飲みたいと言った。ビールを飲みながら奥のカラオケに合せて歌っていた。どうやらこの街に私がいたことの証《あか》しは、津森以外には何も見つけられそうもなかった。

津森と二人でこの〝黒テキ〟に来たのは雨の夜だった。たしかあの夜の数日後だったと思う。

あれは入部して二ヵ月くらい経《た》った夜だった。T大野球部はリーグ戦の前半を終えて連敗を続けていた。雨が多い春で順延の試合が重なった。寮全体の雰囲気が異常に緊張していた。私たち一年生はもう殴られることには慣れてしまい、要領のいい下級生は上級生の性格を把握して、うまく立ち回って日々のグラウンドでの練習と寮での生活をこなしていた。

数日前から全員が集まっての制裁があると噂が流れていた。制裁の理由は全体がだれ切っているというものだったが、もっとたしかな理由はリーグ戦での成績が惨憺《さんたん》たるものだったからだ。前半戦を終えた時点でレギュラー選手の入れ替えが行なわれようとしていた。津森はその中の一員に入りそうだった。投手不足の戦力の中で、津森の力量は監督の構想する新しい戦力に加えられるはずだった。リーグ戦のレギュラー選手の枠は二十五人である。新戦力が入ればそこからはみ出すものが出てくる。それはたいていが三、四年生の無用な選手が交替要員になる。その頃から津森はなにかにつけて目をつけられはじめていた。食堂でお茶を注《つ》ぎに行って、熱いと怒鳴られて茶碗を投げつけられたり、挨拶が悪いと廊下で殴られたりするようになった。はじまったなと私は思った。私は他の大学の野球部に入部してイビられ続けて退めていった友人の話を聞いていた。怒鳴られると萎縮し殴られれば泣き出しそうになる津森の性格が上級生に面白がられている気もした。イビリの効果は覿面《てきめん》だった。津森の萎縮した神経はグラウンドでの彼のプレーに顕著に出た。ピッチング練習場で津森は駆けずり回っていた。ストライクゾーンに入らない投球を上級生の捕手はとろうとしなかった。それがよけいに彼の投球を狂わせ一球投げては自分で走ってフェンス際の球をとりにいった。監督が見ている紅白試合などはいいが、夜になってはじまる打者の特打ちのバッティング投手を津森は集中してやらされた。早朝の時もあった。百球、二百球、三百球、四百球と彼はバッティング投手をやらされる日が多くなった。そうやって肩をつぶされた投手は過去に何人もいた。

下級生が休養できるのは授業のある特定の日の午前中だけだった。野球部員は授業のほとんどが代返がきく講義をあらかじめマネージャーが選ぶ。それでも代返やレポート提出では単位の取れない課目が一、二課ある。それはマネージャーの命令で授業に出席する。その時だけが津森や私が寮から出ていける時間になった。キャンパスへ行けば休めるかというとそうではない。上級生の野球部員もまた授業に出席している。学食や近くの喫茶店で下僕のように使われる。

私と津森は大学から離れた町の喫茶店に入って短い睡眠をとった。

「俺、もう駄目なような気がする」

津森が愚痴をこぼしはじめたのはその時期だった。

「もう少しの辛抱《しんぼう》だって。リーグ戦に出てマウンドに立てば、おまえの好きなように投げればいいさ。そこでいいピッチングをすればもう誰も無茶はしないさ」

「でも、段々自分のピッチングができなくなっているし……」

「だから適当に手を抜かなきゃあ駄目だ。特打ちにつき合うのだって、もっとセーブして投げるんだよ」

「でも……」

「殴られるくらいなんだよ。いいか、おまえは野球をするために大学に入ったんだろう。ここで負けてみろ、二度と野球はできないんだぞ」

「…………」

津森には野球部を退められない事情があった。それは彼が大学へ進学するにあたって後援者がいたからである。彼の勉学資金はその後援者から出ていた。北海道、小樽《おたる》で交通会社を経営しているその後援者は津森の高校の野球部のＯＢ会長であり、彼の父親はその後援者の会社でバスの運転手をしていた。

「いいか汗をかいたらすぐにアンダーシャツを着換えるんだぞ」

私はそう言いながら目の前で半分ベソをかいている津森があわれに思えた。と同時に涙がこぼれそうになっている津森の長いまつ毛がいじらしく見えて、泣き出してしまった彼の顔を見てみたいと思う上級生の感情がわかるような気もした。

「皆の話している寮での集団制裁はあるのかな」

津森はそのことが気がかりでしようがない様子だった。

「大丈夫だって、たいしたことはないよ」

「…………」

その夜、寮に入っていない下級生部員にも練習終了後寮に待機するようにとマネージャーからの指示があった。一年生は学生服に着換えてミーティング・ルームに集合させられた。まもなく学生服に着換えた二年生が部屋に入ってきた。彼等がカーテンをことごとく閉めた。

「一年全員正座しろ、そこじゃない。板の間の方だ」

ヒステリックになった二年生の声がした。一年生は板の間に正座した。二年生は畳の間へ正座した。皆黙って正座を続けた。一時間程経つと三年生が部屋に現われた。

彼等は足を組み二年生の前にてんでに座った。すぐに四年生が姿を見せた。皆押し黙って冷たい表情をしていた。四年生が三年生に話を始めた。普段和気藹々《あいあい》としていた四年生と三年生の勝手が違っていた。私たちの正座している場所からは話の内容は聞き取れなかった。時々三年生が口を揃えて返答をしていた。すぐ隣りに正座をしている津森の唇が少し震えていた。私は津森の膝頭《ひざがしら》をわからぬように突いて、私を見た津森の目を見返してうなずいた。彼は青い顔をしていた。やがて四年生は部屋を出て行った。残った三年生が向きを変えて、正座している二年生に説教を始めた。

当時、誰がこさえたのか上下級生の会話は絶妙なシステムができていて、一年生が三、四年生と口をきくことは皆無《かいむ》だったが、もし口をきくことがあっても、下級生は上級生に対して、グラウンドでも寮でも「はい」「いいえ」「ありがとうございました」「オッス」以外の言葉を使わないようにできていたし、使ってはいけなかった。

三年生が二年生に説教をするのを聞くのはその夜が初めてだった。

「おい、おまえたちは何年だ」

低い声で三年生の一人が言った。二年と答えることができない。

「おい何年かと聞いてんだ。聞こえんのか」

「いいえ」

「聞こえてんのかおまえら、じゃあなぜ答えんのだ。何年だおまえら」

「…………」

「黙ってるとこをみると、おまえら三年か」

「いいえ」

「じゃあ何年だ、答えろ」

黙っている二年に陰湿な質問が続く。

「そうか、なめてんなおまえら前へ出ろ」

正座を続けていた二年生が一人ずつ前へ歩いていく。足元がふらついている。平手打ちの音が部屋に響く。集中的に殴られるのはレギュラークラスの選手が多い。普段から肉体を鍛《きた》えている若者が感情にまかせて殴るのだから危険でもある。一時間、二時間と時間が経過していく。夜の十二時を過ぎたあたりで三年生は引き揚げた。三年生が引き揚げたのを確認するように二年生のマネージャーが部屋の鍵を内からかけた。それを見計らって、他の二年生はゴロリと畳の上に横になって、

「畜生あの野郎、覚えていろ……」

などと三年生に対して腹立たしい感情を口に出し、ある者は切れた口元をさすりな

がら窓を開けて唾を吐いたりした。

それから小一時間彼らは正座する私たちを放って休んでいた。

「おい、風呂場へ連れていくか」

誰かが言った。

「全員立て」

立ち上ろうとして何人かが倒れた。すかさず二年が飛んできて、彼らを足で蹴った。

「馬鹿野郎、お嬢様じゃあるまい」

私たちは風呂場へ連れていかれた。そこで全員が大浴場の水のない浴槽の中で正座をさせられた。先刻、三年生から二年生が受けた同じような質問が今度は私たちにむけて続けられた。板の間と違ってタイル貼りの浴槽の床は素足《すあし》にタイルの切れ目が食い込んでいく。気付かれないように足の位置を変えようとしても五時間以上座り続けている身体は言うことをきかない。しばらくすると一人ずつ浴槽からはい出て殴られはじめた。

津森が集中的にやられ出したのはそれからまもなくだった。見ていて誰かの作為が感じられる制裁だった。

「調子に乗りやがって、この野郎」

「なんだあのブルペンでのピッチングは、誰がキャッチャーをしてるんだ、誰が」

津森はよく耐えて浴槽に戻って来た。座ろうとした津森をまた誰かが呼び返した。するとと津森は立ち上ろうとしたままその場に崩れるように倒れた。津森の手が私の膝の上を摑《つか》んだ。倒れた津森を上級生は上から足でおさえつけた。津森は失神しているように見えた。水を持ってこい。こいつ甘ったれやがって、バケツの水が津森にかけられた。その水が私と周りの一年生に容赦なくかかった。津森は身体を震わせてうずくまっていた。

「もう無理です」

今でもなぜ、自分が反射的にそう言ったのか私にはわからない。私の声が津森に聞こえていたかも定かではない。私自身もその制裁に脅《おび》えていた。

「貴様、神崎なめやがって」

その時に狂ったように殴られた傷が私の左眼にはまだ残っている。その傷が私と津森の友情のようなものの証しだとも考えたことは一度もない。その日から私は野球部の一年生の中でも一人だけ浮いたような存在になってしまった。たぶん今考えるとその夜から私は野球を退める機会を待ちはじめた気がする。

津森と〃黒テキ〃に行ったのはそれからまもなくだった。この店を教えてくれたのは同級生のボクシング部の男だった。それまでも津森と時々夜の街に遊びにいくことはあったが、酒が苦手《にがて》の彼はあまり酒場になじめないようだった。津森はまだ女を知らなかった。青線に行ってみるかと誘っても彼は敬遠していた。

休養日に、外泊許可をもらって私たちは寮を出た。横浜へ行き、私の姉の家へ二人で泊まるつもりだった。ところが駅の前で部の上級生と出くわした。その上級生は私たちを可愛がってくれていた人で誘われるまま鮨《すし》をご馳走になり数軒酒場へ連れていかれた。別れた時刻には電車がなかった。私は津森と街を歩きながら〃黒テキ〃の前へ出た。

「もう少し飲んでから考えよう」

私たちは地下への階段を降りた。私は数度〃黒テキ〃へ顔を出していた。ママ一人が残って酒を飲んでいた。

「なんだどうしたの、〃脱走でもしたか」

ママはその頃人気があった団令子という女優に似ていた。かたえくぼが妙な色気をこさえていた。ボクシング部の友人が確かカウンターに初めて座った時、私の耳元で、ヤラセルヨ、コノママと囁《ささや》いたこともどこか耳に残っていた。

「宿無しか、二人とも」

いつもより陽気に見えるママと話しながら私たちは酒を飲んだ。

店仕舞《じま》いをする時分になってママは私たちに、

「よし、今夜は私のアパートに泊めてやる」

と笑って言った。津森はもうカウンターでうつぶせていた。

その夜、私たちは椎名町《しいなまち》にあるママのアパートに泊まった。その日から私たちの休憩場所は喫茶店からママのアパートに変わった。私がママと寝たのはそれからまもなくしてからだったが、津森もいつの間にかママと関係ができていた。奇妙な三角関係が一年余り続いた。ママは私よりも津森に恋している感じだった。それは三人でどこかへ遊びに行くとなんとなくママの素振りでわかった。津森には他人に彼を放っておけないような気にさせる奇妙な雰囲気があった。

三

〝鳥しん〟に戻ると、表の縄暖簾が仕舞いこまれ、中で片付けをしていた。

「遅いんで心配したよ。おーい、けい子」

津森の声に店の奥から小柄な女性があらわれた。

「どうも津森の家内でございます。神崎さんのお話は主人から聞いています。よく見えて下さいました」

しっかりした女房だった。相手の目をはずさないで話す姿勢がどこか商売家で育った女性に見えた。言葉に少し関西訛《なま》りがあるように思えた。

「いい店があるんだよ。これから行きましょう」

津森は普段着に着換えていた。臙脂《えんじ》色の上着が似合っていた。彼の学生服姿しか覚えていない私には、津森がひどく大人びて見えた。

その店はバンド演奏の入った小綺麗なクラブだった。先客がいた。津森に紹介されるうちに相手の男が先刻私が津森の店を出る時に入ってきた男だとわかった。手にした扇子がそれを思い出させた。リース会社をしているという平田と名のる男は津森がプロ野球にいた時からのファンだと言った。しかしどちらかというと津森の方が平田に気を遣っているように見えた。二人はバンドをバックに歌を歌った。

「大学の時代にご一緒だったんですってね。今年の初めに神崎さんのことが載っている雑誌を偶然、私が買ってきたんです。うちの人驚いて、雑誌社に電話を入れたりしてあなたの事務所の住所を調べたんです。珍しいんです、こんなことって。わりと人に対して気にしないところがある人だから。だからうちの人があんなに逢いたがってた人はどんな方《かた》かと私もお逢いしたかったんです」

「いや私も全然連絡をしなくて、手紙をもらってからずいぶんになって申し訳なく思ってます」

私たち二人は話をしながらステージに立っている津森と平田を見ていた。

「関西の方なんですか」

「ええ、奈良なんです。近鉄の仕事をしていて主人と逢ったんです。私が野球をやめさせたんだってあの人は今でも言ってます。私、野球は嫌いなんですよ。あら、ごめんなさい。野球なすってたんでしたよね」

「いや私のはご主人と違って、まるで役に立ちませんでしたから」

津森が歌っている間も平田はその傍《かたわ》らで腰を振って踊っていた。

「あの人誰かがくっついていないと駄目なんですよ。だけど一年も経たないうちに気まずくなっちゃうんです。相手の人にすると主人には誠意がなく見えるんです。わかるような気もします。今はほら、あの社長さんと兄弟みたいにしてるんです。でも主人のそばに寄って来る人ってどこか皆同じようなタイプで、見ていて可笑《おか》しいわ」

「可笑しいって？」

た。

「ホモみたいな感じの人ばかりなんだもの」

彼女は声を上げて笑い出し、私もつられて笑った。

歌い終った二人がテーブルに戻ってきて、津森は平田に私の仕事のことを話し出した。自慢気に話す津森の横顔が酒に紅潮していて、私にはどこか見ず知らずの男に感じられた。津森の女房は、身体を触《さわ》り合いながら楽しそうに話す彼等をじっと見ていた。

またバンド演奏がはじまって津森は私に歌を歌おうと誘った。私は断りながら先刻から津森の女房の話したことが頭の隅にひっかかっていた。

「ねえ、これ神崎が教えてくれた歌だよ」

と津森が呂律《ろれつ》の回らない声で言った。

それは私が学生の頃に流行した湘南ポップスと呼ばれる流行歌だった。妙なことを覚えているなと私は感心した。あの頃、野球部でリーグ戦が終った後、無礼講と呼ばれる宴会があった。下級生は上級生に指名されると歌を歌わなくてはならなかった。流れはじめた曲はその宴会の時に私が歌った歌だった。津森は立ち上がってステージの中央へ歩き始めた。その津森を追い駆けるように平田がステージにむかった。

歌を歌っている津森を見ていて、私はある夏の海のことをふいに思い出した。

——野球部を退める一ヵ月前私は津森を誘って湘南の海へ遊びに行ったことがあった。夏の終りの海岸には、まだ大勢の海水浴客がいた。肩を冷やすとよくないというので津森は海には入らなかった。泳げないと彼は冗談ぽく言っていた。

ボートを借りて私たちは沖まで出て行った。そこで私は自分が野球部を退部する話を津森にした。津森は二年生の春から準エースとしての地位を確保していた。津森は困った時にいつも彼がする表情の、うつむいて長いまつ毛の眼をしばたたかせていた。私は自分のことを話すだけ話して、後は沈黙が続いた。波が出て来た。ボートが揺れた。

「そろそろ戻ろうか」

私が言うと、

「じゃあ僕が漕《こ》ぐよ」

津森は目をうるませて言った。私はボートの中で立ち上った。彼は海に慣れないのか、急に立ち上って私の手を取ろうとした。その時、横波でボートが揺れた。あっという間に津森は海に投げ出された。一瞬波の中に津森の姿が消えた。すぐに津森は浮き上がった。彼は手をばたつかせて叫んだ。

「助けて、泳げないんだ。助けてくれ」

私はあわてて手をさしのべた。しかし必死で手を水面に叩きつけている津森の手は容易に摑めなかった。

「わかった、大丈夫だ。力を抜け津森」

私はボートの櫓《ろ》を抜いて津森に差し出した。津森はようやくそれにしがみついて、泣きながら、僕を見捨てないでくれ、と声を上げた。大丈夫だ、もう大丈夫だからな。私がそう言っても津森は櫓にしがみついたままかぶりを振っていた。鼻水だか涙だかわからない滴《しずく》が津森の顔に流れていた。

私は弱音《よわね》を吐く津森が嫌いだった。このまま津森をこの海に突き捨ててしまおうかと思った。私たちはしばらくそのままでいた。見捨てないでくれ。津森はもう一度そう言って私の顔を見た。私は津森の眼を見て、大丈夫だ、と言いながら彼に手をさしのべた。手と手が触れた瞬間、痛いほど私の手を両手で握った津森の手を感じて、身体が痙攣《けいれん》するような興奮を覚えた。——

妙なことを思い出したものだと思った。店内の照明がブルーに変わっていた。津森の女房は押し黙ったように、ステージで笑いながら歌っている津森たちを見つめていた。

私は津森からの葉書きを受け取った時、自分がどうして彼に逢いたい気持ちとそうでない気持ちになったのかが、わかった。

私は津森に嫉妬をしていたのだろう。津森というより彼のあの華麗なピッチングフォームに嫉妬していたのかもしれない。と同時に津森の気の弱さを憎悪していたのだろう。そしてあの夏の海の沖合いで私は津森を裏切っていることがわかった。私の中で津森の存在ほど居心地の悪いものはなかったのだ。それを私は、いかにも外敵から彼を守るような行動をとって、二年の間、いや二十数年間私自身を、欺《あざむ》き続けていたのだ。津森はげんに私の目の前で平気で生きているではないか。

私は吐き気がした。津森の女房が私の顔を見ていた。顔を見合せて私たちは笑った。ふいに私は彼女に質問をした。

「奥さん、津森は泳げましたっけ」

「およぐって？」

「水泳ですよ」

「ああ、水泳ですか。ええ、よく泳ぎますよ。あの人小樽の海で遠泳に出たって自慢してましたもの。娘たちを連れて琵琶湖によく泳ぎに行きましたよ、どうしてですか」

「いえ、別に意味があって聞いたんじゃないですよ」

「そうですか。少しお酔いになりました？　顔が青いようですよ」

私はトイレに立った。ドアを閉めて、洗面台に両手をついて顔をうずめた。吐こうとしても何も出なかった。指を喉の奥に入れて、かき回した。白い吐物は生き物のように排水口に流れ込んだ。私はもっと吐けるものがあるような気がした。二十年もの間、私が勝手に思い込んでそれを自分の野球との別れの理由にしていたものを吐き出したかった。しかしそれ以上は何も出てこなかった。

顔を洗って、起き上がると目の前の鏡の中に、目をうるませた醜い顔があった。その目が海の中で櫓にしがみついていた津森の目と重なった。私は津森に助けを求めて、この街に来たことがわかった。

家へ遊びに来いと誘う津森たちと別れて、私はタクシー乗り場へ急いだ。来るときは戸惑《とまど》いながら歩いていた通りが、駅まではスムーズにたどり着けた。タクシーの行列に並んだ。夜の仕事を終えた女たちが多かった。列の中ほどにいた一人の女のうしろ姿が気になった。たぶん別人であろうが、振りむけばその女が〝黒テキ〟のママのように思えた。火事で死んだ、と言う津森の話がうそのような気がした。ひょっとして〝黒テキ〟のママはこの街のどこかで、津森を待っているのではなかろうか。

あの津森の人を誘うようなまなざしに、私がそうであったように、歳下の恋人を待つような感情でママもどこかでとり残され続けているのではなかろうか……。

くらげ

「駄目よ修ちゃんは、もっと遊ばないから、奥さんに先に遊ばれちゃうのよ」

「じゃあママが俺と遊んでくれるのかよ」

「私と修ちゃんじゃあ、笑ってばかりで恋愛になりっこないでしょう」

「…………」

カウンターの隅《すみ》に座った常連客らしい男が酔いどれて、公子《きみこ》をじっと見返したままでいる。

「嫌だわ、そんな目をしちゃ、なる実もならなくなるわよ」

「やっぱり俺をからかってるんだ」

「そんなことはありません」

ふくらませた公子の顔が、子供のような表情になり、その仕草《しぐさ》には昔の面影があった。しかし久しぶりに逢う彼女は以前とどこか違ったように思えた。

公子の新しい店は繁盛《はんじょう》していた。

「しばらくこっちにはいるの？」

公子は私のビールをつぎながら言った。

「もう二日くらいかな……」

「競輪なんですってね」

「どうして知ってるの？」

「うちの店に、市役所の競輪局の人が見えるの。その時、あなたの話をしてたから」

「…………」

「珍しい名前だもの」

背後のドアが開いて、客が入ってきた。

「××さん何人？　六人なの、ごめんなさい。少し回ってきてよ」

公子は両手を合せて拝むような恰好《かっこう》で愛想笑いをした。

どこが変わったのだろうか。以前もこんなふうに明るかったが、目の前の公子には、その頃感じられた、どこか無理をしているような明るさがなくなっていた。

「流行《はや》ってるなあ」

「金曜日だもの」

「案内状をもらって、ありがとう」

「もう東京にはいないかなって思ってたけど、前の電話番号にかけたら、ちゃんと会社の人が出たんで、嬉しかったわ。忙しいんでしょう」

「競輪に来るくらいだから暇《ひま》だよ」

「それにしてはすぐに来てくれなかったな」

「静岡は遠いんだよ」

「それは田舎で失礼しました。ねえ、飲んでいいかな」

「どうぞ、店の名前を変えたんだね」

「平凡でしょう。〝ゆりかご〟なんて名前は」

「そんなことはないよ。いい名前だよ」

「そう言われると嬉しいな。もうやめたのあの名前は」

そう言って公子は、自分のウィスキーのグラスを差し出した。私の記憶が間違っていなければ、彼女は今年、三十九歳になる。しかしそんな歳には見えなかった。肌に艶《つや》があるし、大きな目が娘のように映《うつ》るせいかもしれない。

公子は、私の大学時代の友人、佐藤幸之助の妹だった。幸之助と私は二人がまだ高校生だった時に、大学の野球部のセレクションで逢った。東京の池袋にあるR大学野球部の新人採用試験を受けるために、私は故郷の山口県から上京した。百五十人余りの高校生や浪人生が参加していた。佐藤幸之助は私と同じ外野手のポジションであった。私たちはそこで知り合った。

百五十人の高校生の中には、プロ野球のドラフトにリストアップされた選手も何人か混じっていて、私のような田舎の無名校から参加した選手はよほどのことがない限り、十名余りの特待生の枠《わく》には入れなかった。

佐藤幸之助は、甲子園に出場して準決勝戦まで行った静岡では名門高校の主力打者であった。セレクションも百五十人もの高校生がいると、甲子園で活躍をしたりプロに引っ張られている生徒が、自然とグループになり、無名の選手は隅の方で小さくなってしまう。十六、七歳の若者なら、そうなるのが当り前で、昼の食事時も笑い声が聞こえるのは、そんな華やかな野球をしてきたグループであった。

「この席、いいかな！」

幸之助は紙の皿に盛りつけたカレーライスとスプーンを片手に、私の隣りの席に来た。

「ああ、空《あ》いてるよ」

「僕、静岡から来た佐藤って言うんだ」

幸之助は私に自己紹介をした。

私は幸之助のユニフォームの胸を指で示した。そこにはマジックで布に大きく記された佐藤の名前があった。

「そうだな」

幸之助は笑って、私の胸の文字を見た。

「山口から来た是水《これみず》だ。よろしく」

「珍しい名前だね。これみずって読むのか……。綺麗なバッティングフォームだね君は」

「おまえのパワーにゃかなわないよ」

「僕は振り回してるだけだから……」

幸之助の第一印象は好感が持てた。私たちはセレクションが終ってからお互い手紙のやりとりをはじめた。

春が来て、私はR大学の野球部に入部し、幸之助は落ちてしまった。彼は一浪してもう一度、R大学を目指すと葉書きをよこした。合宿所に届く幸之助の葉書きは、女性のような丁寧《ていねい》な文字で、彼の近況が詳しく書いてあり、私が新人戦でヒットを打ったことを新聞で読んで、うれしかったと素直に綴ってあった。

私も彼が入部し、一緒に野球ができるのを願っていた。しかし一年後、幸之助はまた不合格で、他校の野球部に入ったと連絡してきた。

彼のアパートを訪ねたのは、その年の梅雨に入った頃で、お互い雨の日は練習が休みだった。

世田谷の下北沢《しもきたざわ》にある彼のアパートのドアを叩いた時、ドアを開けて出て来たのは若い女性だった。それが公子だった。

「いらっしゃい。是水さんでしょう。今ちょっとお兄ちゃん、そこまで買い物に行ってるんです。どうぞお上がり下さい」

赤いセーターの上から、エプロンをした公子は長い髪をうしろで束《たば》ねて、大きな目が印象的な娘だった。

「私、キミコって言います。是水さんの話はいつもお兄ちゃんから聞いています」

その時、私と公子に向かって小犬が吠えながら、飛びついて来た。

「テリー、じっとしなきゃあ。テリー、ステエィ！」

小犬は彼女の言葉をまるで解さないように、畳の上をはしゃぎ回った。

幸之助と公子はひとつ違いの歳子《としご》の兄妹で、一浪をした幸之助と現役のまま大学生になった公子の二人が一緒に上京していた。

その日、私は合宿所の門限まで幸之助のアパートで過した。部屋の中で、幸之助が公子をからかうと、公子は幸之助の首に抱きついて怒ったりした。そんな二人の行動を見ていて、私は兄妹がこんなに仲がいいのを奇妙にも感じた。また二人のそばをテリーと呼ばれる小犬が同じようにじゃれついていた。二人に送られて小田急線の駅で別れた時、私は幸之助がうらやましく思えた。それ以来、私は休みになると二人のアパートへ遊びにいくようになった。

幸之助が野球部を退部したのは、その夏の初めだった。一年の浪人生活の間に彼は野球に対する情熱を失なっていた。それでも時々、私の野球の応援に神宮球場へ訪ねてきてくれたりしていた。

「野球を退めると、何をしていいかわからなくなるよな」

幸之助は或る時、私にそう言った。

「俺も実は退めようと思ってるんだ」

幸之助は驚いた顔をして、

「あと少しで上級生じゃないか」

「いや、もういいんだ。自分の野球の実力もわかったし」

「そんなことないって」

「野球だけが人生じゃないよ。いずれ田舎に戻って家を継がなくちゃいけないし」

「…………」

幸之助にそのことを話してからしばらくして、公子から合宿所に手紙が届いた。

文面は、私が野球を退めない方がいいという内容で、幸之助もひどく心配をしていると書いてあった。文末に彼女が通っているアルバイト先の電話番号が書いてあり、電話が欲しいと結んであった。

私は公子と二人で、彼女が通っているお茶の水の大学のそばの喫茶店で逢った。

「学生服姿って、私すごく好きだわ」

私は丸坊主の頭に学帽をかぶり、学生服で街に出ていた。それは野球部の外出時の部則で、髪を伸ばしていいのは上級生になってからだった。そんな恰好の学生は珍しかった。

私は公子といて、周りの学生たちが彼女を見る視線を感じた。演劇部に入っている彼女は化粧気がないのに、その特長である目と、透《す》き通った明るい声が人目を引いた。私たちはデートをしているように見えたのかもしれない。

「幸之助は元気にしてる」

「うん、でも近頃、学校にはまるで行ってないみたい」

「つまんないのかな……」

「お兄ちゃん、今まで野球しかしてなかったから」

「野球だけが人生じゃないよ」

私がそう言うと、公子は哀しいような顔をした。私は野球を退めたら、公子とこうして毎日逢えるような気がした。

それから一ヵ月後に私は野球部を退部した。しばらく幸之助の兄妹と遊んだりしていたが、私はまもなく横浜の方へ引っ越して、アルバイトに忙しくなり、二人と疎遠になった。

その公子と偶然に再会したのは、私が広告代理店に就職をした二年後、仕事で静岡へ行った時のことだった。

地元のテレビ局の人間に、私は一軒の酒場へ連れて行かれた。〝TERRY《テリー》〟と小さな看板がかかったその店は、新宿のゴールデン街にあるような狭い入口で、店内にはたくさんのマッチのラベル、コースターが壁中に貼《は》り付けてあって、芝居のポスターも何枚も貼ってあった。

先客の背中を避けながら、狭い通路を歩いていると、私も驚いた。

「是水さん」

といきなり大声がした。私が驚いて声の主を探すと、カウンターの中に公子が立っていた。公子は髪を短くして、赤い口紅をつけていた。公子も目を丸くしていたが、私も驚いた。

その夜、私と公子は店がはねてから飲みに行った。そして公子の口から、幸之助が行方不明のまま、もう三年近く連絡がないことを聞かされた。その話をしはじめると、公子は大きな目に涙を浮かべた。

「それで幸之助はどこへ行ったのか、わからないのか」

公子はハンカチを鼻にあてて首を横に振りながら、警察にも捜索願いは出したし、自分もほうぼう探してみたと言った。

「どこで何をしてんだろうな、幸之助は」

「是水さんのところには手紙か何か来ていない？」

「来てないな」

公子は私に、下北沢のアパートで飼っていた犬を覚えているか、と聞いた。覚えていると答えると、自分があの店をやりはじめたのは、テリーという名前に、幸之助が気づいて、訪ねて来てくれると思うからだと言った。

私はその話を聞いていて、幸之助はどこかへ旅にでも出ているのだろうかと思った。しかし彼が三年もの間、あんなに仲の良かった妹に何の連絡もしてこないのは、おかしい。

幸之助の身に何かあったのだろうか。と言うのは、公子たちと疎遠になったすぐ後で、私の弟が海で遭難して死んでいた。死体がなかなか発見できない、ひどい遭難現場だったので、行方不明という言葉を耳にすると、私にはそれが死に結びついた。

その夜から、私は出張で静岡へ行くと〝TERRY〟に立ち寄るようになった。仕事が終って、〝TERRY〟のある細い路地を歩き出すたびに、幸之助の顔が浮かんだ。

「ねえ、奥さんってどんな人？」

公子が笑って聞いた。私は学生時代に知り合った女性と結婚していた。

「普通の人だよ」

「美人？」

「それも普通」

「じゃあ、美人だ」

或る夜、ひどく酔って、私は公子のアパートに行った。ドアを開けると、奥から犬が玄関に出てきた。酔いが醒《さ》めそうになった。犬というより大人が一人そこに立っているように見えた。

「テリー覚えてるでしょう、是水さんよ」

そう公子が言った時、目の前の犬があの下北沢のアパートで見た犬だとわかった。

「こんなに大きくなるの、この犬」

「そう、アフガンハウンドだもの」

私は玄関に立って、その犬をじっと見た。犬も私をじっと見返していた。

「噛んだりはしないから。私に危険じゃない人はわかるのよテリーは」

私はお茶を飲んでいる時も、ずっと犬のことが気になった。犬は公子のそばに座って、長い顔を彼女の膝の上に乗せて、人間が眠るように目を閉じていた。

「この犬を買って来たのは、お兄ちゃんなんだもの。下北沢のアパートの大家さんを説得する時も強引だったわ。ねえテリー、お兄ちゃんはいつ帰ってくるのかしらね」

公子は男を愛撫するように、その犬に頰ずりをしたり、キスをしていた。

私は公子のその素振《そぶ》りを見ていて、テリーが幸之助の分身のように思えた。私はテリーと裸で寝ている公子の姿を、ふと想像した。

〝ゆりかご〟は十時近くになっても、客が続いた。

「ねえ、早目に店を閉めて飲みにいこうか」

公子が小声で言った。

「いいけど、旦那さんが待ってるだろう」

私は公子が再婚したことを、彼女からの手紙で知っていた。今度は上手《うま》くやりますと書いてあったのを覚えていた。

公子は首を振った。私が公子を見ると、

「別れちゃったの」

とグラスに目を落して言った。去年の暮れに店の開店の案内状が届いた時、ひょっとして離婚したのかもしれないと思っていた。やはり予感は当たっていた。

私は一度、旅館に戻ってやりかけの仕事を済ませてからまたのぞくと告げて、店を出た。通りまで出て見送ってくれた公子は、やっぱり今夜は飲もうね、と笑って手を振った。外に出て見つめ直した公子は、やはり以前と何か違っている気がした。昔より積極的になったように感じられた。しかしそれだけではないようだった。それは顔にあった大きなこぶを取って、それまでの印象よりその人がのっぺりとした感じになったのと似ていた。

そんなことを考えながら通りを歩いていたら、突然、幸之助が帰って来たのではないだろうかと私は思った。そうに違いない。私は通りを振りむいて、公子の店に引き返そうとした。

そうだとしたら、いずれ後からわかることだと、私は旅館に戻って仕事をすることにした。しかし仕事をはじめると、幸之助のことが気になって、手につかなくなってしまった。

ひょっとして、公子は私を驚かそうとして今夜の約束をしたのかもしれない。そうだとすると、私は幸之助になんとなく逢いづらい気がした。

というのは、公子と〝TERRY〟で再会をした十五年前の夏から二年後、私は当時住んでいた葉山の家に、公子の突然の訪問を受け、彼女と肉体関係を持っていたからだった。

客が来ていると大家に言われて、玄関に出てみると赤いコートを着た公子が立っていた。

「驚いたでしょう」

公子は赤いライトバンを運転して、静岡から湘南までやって来ていた。

「よくわかったねえ、ここが」

「事務所の人に聞いたのよ」

「いつから車を運転するようになったの」

「この秋から。もう何回も東京まで行ってるのよ」

「大丈夫なの」

「大丈夫、ほらボディーガードが付いてるから」

公子が車の後部座席を指さした。そこにはあの犬がガラスに顔をすりつけるようにして、私たちを見ていた。もう一匹同じアフガンハウンドがいた。

「テリーか」

「そう」

「どっちが？」

「どっちって、わかんないの」

私にはどちらも同じように見えた。

「奥でおとなしくしてる方よ。外に出たがっているのはテリーの仔《こ》」

「牝犬《めすいぬ》なんだ、テリーは」

「違うわよ。テリーは牡犬《おすいぬ》。他の犬に産んでもらったの。でもこの仔は優秀なの。先月の東京でのコンテストに入賞したのよ」

冬の葉山の海岸を、私と公子と二匹の犬で散歩した。

「私、結婚するんだ」

「それはよかったね。おめでとう」

「是水さん、離婚したんだってね」

「うん」

「恋人はいるの？」

「らしいのがね」

「そう。結婚式には呼ばないから」

「是水さんの時にも呼ばれていないから」

「…………」

「……幸之助は連絡あった？」

「全然。でもたくさん友達を呼んだの、お兄ちゃんの野球部の時代の人も。もしかして誰かがお兄ちゃんの居処《いどころ》を知っていて、その人が私には内緒で、私が結婚することを伝えてくれるような気がして……」

私は公子の言葉を聞いていて、公子は私が幸之助とどこかで繋《つなが》っていると思っているのではないかと感じた。

「そうだな、式の直前に現われるかもしれないな」

「そう思う？　本当にそう是水さんも思う」

「うん、なんとなくね」

「私もそう思うの。お兄ちゃんは何かの事情で皆の前に顔を出さずにいて、それが私が結婚する機会に思い切って、姿を見せるんじゃないかって……」

海を見ながら話す公子の横顔は、結婚を前にした女のまばゆさのようなものはなかった。彼女の大きな目は、これからはじまる新しい自分の生活よりも、ずっと彼女が引きずっている幸之助の姿を見つめているように思えた。かたわらでやはり波をじっと見ている犬も、突然姿を消した幸之助の匂いを探している表情に見えた。

結婚式の案内は、公子の言葉とは逆に、出席を希望しますと添え書きまでして送られて来た。私は式に出席できなかった。

それから半年もしないうちに、彼女はまた葉山の家へやってきた。やはりあの犬と一緒だった。

「離婚しちゃった」

そう言って公子は赤い舌をペロリと出した。

「犬が好きじゃなかった人だから、テリーと別れ別れに暮してたんだけど、駄目だったの。犬の嫌いな人って、本当に駄目なのね。犬の匂いだけで」

私はその男を少し可哀相《かわいそう》に思った。いくらなんでも、犬と人間で天秤《てんびん》にかけられたのではたまらないだろう。

その日、私たちは車で茅ケ崎《ちがさき》の方をドライブした。犬は運転席の公子と助手席に座る私との間に、後部席から顔を出して、フロントガラスに流れる景色を見ていた。

「テリー、ほら見てごらん。大きなホテル。あんなところに泊まりたいね」

公子が海岸沿いにあるそのホテルを指さすと、犬はその方角を見て、言葉がわかったようにうなずいている。私は少し気味が悪かった。その別れた前夫に同情した。公子と犬のやりとりを見ていて、公子はどこか女性として欠落していると思った。

「お兄ちゃんは現われなかったわ」

公子は信号で停車すると、急にそう言って黙り込んだ。それっきり彼女は口をきかなくなった。私は何と言っていいかわからなかった。幸之助のことを早く忘れてしまわないと、君はいつまで経《た》っても一人立ちできない、と言ってやるべきだろうとも思ったが、そんなことを離婚したばかりの彼女に話すのも残酷なような気がした。妙なもので、公子が憂鬱《ゆううつ》な顔をすると、犬は彼女を慰《なぐさ》めようとするのか、何度も彼女の首すじに顔を近づけて鼻をならした。その仕種《しぐさ》と、犬の行動を黙って受けとめている公子の姿は、私が見知らない場所で、幸之助が失《う》せてから彼女と犬の間でずっと繰り返し続けられていたのだろう。そう考えると、この犬は公子にとって飼い犬以上の大切な存在だったのかもしれない。

相模川の河口に降りた公子と犬が歩いている姿を、私は堤防のセメントに腰かけて見つめていた。

伊豆半島の方へ沈んで行く夕陽に、公子と犬の姿はせつないようなシルエットになって揺れていた。私はそれを美しいと思った。その瞬間、幸之助の顔が浮かんで、

「早く出て来てやれよ」

とつぶやいていた。そうつぶやいた途端に、幸之助は死んでしまっている気がした。幸之助がもしどこかで今も生きているとしたら、彼はとうの昔に彼女等の前に姿を現わしているはずだ。私が知る限りの幸之助は、非情なことができるような性格ではなかった。すると幸之助は何かの不慮《ふりよ》の事故で、とっくにこの世から失せていて、死体が確認できないような最期《さいご》をとげたのではなかろうか。そう考えた方が自然のような気がした。

公子たちは豆粒のようになるまで海岸の道を歩いていったが、それでも時々私のいる場所を振りかえる公子の顔が見える気がした。

その夜、私たちは東名高速沿いのラブホテルに泊まった。車でそのままホテルに入り、部屋へ行けたので、大きな犬を中に入れても従業員にはわからなかった。はでなインテリアの部屋に公子と犬と私がいるのは、不思議な光景だった。

部屋の灯りを消して、私たちはしばらく話をした。

「是水さんを見ていると、お兄ちゃんがとても近いところにいるような気がするの」

「本当に、幸之助は何をしてるんだろうな」

「きっと何か事情があるのよ。困っていたりしてるなら、連絡してくれればいいのにね」

「そうだね」

公子の口から出た事情という言葉の響きが、私には誰も覗くことのできない山の奥のまた奥や、海の底の底のような重い空気が漂うような場所を想像させた。

部屋の隅から、小さな音が聞こえた。

「テリーが眠ったわ。イビキをかくのよ、あの子」

私は犬のイビキを聞いたのは初めてだった。その音は、たしかに人間のイビキと似ているようだった。

「寝言も言うのよ」

「本当に？」

「そう、夢を見るのね。それで目を覚ます時もあるもの」

私は昼間、車の後部席から顔を出した犬の横顔を思い出して、少し可笑《おか》しくなった。

「ねえ、キスをして」

公子は急にかすれたような声で言った。私は公子にキスをして、浴衣の中の乳房に触れた。柔らかい乳房だった。私が公子の身体の上に乗ると、暗闇の中でも彼女が目を見開いて私を見ているのがわかった。私も公子も黙ったままセックスをした。

旅館を出る前に、私は〝ゆりかご〟に電話を入れた。客はもう引けていないから、私が来るのを片付けをしながら待っていると公子は言った。

旅館が呼んでくれたタクシーに乗ると、運転手が言った。

「さっき海の方で、ひどい事故があったんですよ。ラジオで言ってたでしょう」

「どうしたの？」

「車が五台もぶつかったんだって、四人死んだって言うから、ひどい事故だったんでしょう。もっとケガ人もいるって言うし」

「可哀相にな……」

「夏休みに入るとこれだよ」

「若い連中なの」

「そうだろうきっと、暴走族だよ」

店の前で車を降りると、看板は消えていた。ドアを押すと、鍵がかかっていた。ノックをすると、公子が出てきて笑った。

「遅く来るお客さんがいるのよ」

私たちは、公子の顔見知りの店へ行った。そこでしばらく飲んでいたら、店でも海の事故の話題になった。

「女の子が二人も死んだらしいよ」

客の一人が言うと、マスターらしい男がその客をからかった。

「もったいないなあ」

私はそろそろ引き揚げようと思った。時計を見ると、二時を過ぎていた。

「是水さん、海を見にいかない？」

公子が言った。

「事故の見学にいきたいの」

「違うの、ちょっと海を見たいなあと思ったの、駄目かな」

私たちは、タクシーで海へ行った。先刻《さっき》の事故のせいだろうか、途中からひどく車が渋滞しはじめた。やがてランプを点滅させている数台の消防車が見えてきた。かなりの数のヤジ馬が出ていた。

「焼け死んだんだってよ。どこの誰だかわかんなかったっていう話だよ」

公子の窓側に映る現場を私が見ると、彼女は車の中で目を閉じていた。

松林の手前でタクシーを降りて、私たちは林道を歩いた。林を抜けると、風が急に身体に当った。尾を引くような長い余韻の波音で、その暗い海岸がひどく大きいことがわかった。潮は引いているらしく、波打ち際まではかなりの距離があった。私は深呼吸をした。海を見るのは、ずいぶんと久し振りだった。ほてった頬が、潮風で引いていくのがよくわかった。

「いい海岸だね」

「ごめんなさいね、こんな夜中にわがままを言って」

「かまわないよ。どうせたいした用がある訳でもないし、あれは灯台かな」

右手の岬から数秒毎《ごと》に光りの帯が回っていた。

「そうね」

私は目を閉じて、海の匂いをかいだ。潮の香りが鼻の奥にひろがった。悪くなかった。

「是水さん、私ねえ……」

公子が話しかけて、途中で言葉を切った。

「どうしたんだい」

その時、私は旅館で自分が考えていた幸之助のことを思い出した。あれは自分の思い過しのようだった。

「どうして暮してるの？」

「相変らずぶらぶらしてるよ」

「そう、私ねえ、離婚したのはね、本当は好きな人が出来たからなの」

私は海を見ていた。

「その人のことが本当に好きだとわかったの。だから旦那さんに別れて欲しいって打ち明けたの。そうしたら、いいって言ってくれたの」

私たちのすぐ目の前を若い男女が通り過ぎた。男の笑い声が聞こえた。

「その人とならずっとやっていける気がするの。私より若い人なんだけど、その人といると安心するの。それに、その人が私に言ったの。お兄ちゃんはもう戻ってこないって。戻ってこないって考えた方が、私が生きていき易いんだって。ただ逢えないだけで、それ以上でも以下でもないって……」

公子の声は今まで私が聞いたことがないほど、真剣な声に聞こえた。

「十歳も歳下なのよ。なのに私をちゃんと叱ってくれるし、仕事も一生懸命する人なの。テリーが死んだ時もずっとそばにいてくれて、もう犬は飼うなって言ってくれた。犬はテリーだけでいいんだって、テリーに逢えなくなった、それだけで、あとは胸の中にしまっておけばいいんだって、いなくなったことは、どこかへ隠れているんじゃないんだって。初めはよくわからなかったけど、お兄ちゃんもきっとどこかで無事に暮しているんだ。ただ私たちが逢えないだけのことだって思いはじめたの。そうしたら、少しずつ平気でいられるようになったの」

　私は公子が変わった訳がなんとなくわかったような気がした。

「よかったねえ」

「うん、そう思う」

「今度はうまくいきそうだな」

「からかわないでよ。でもそうだね。まだ四十前の女が、三度も結婚をするんだものね。おかしいよね」

「おかしくはないさ。三度目がうまくいけば、それでいいんだ」

公子はかすかにうなずいた。

「もう出ておいでよって、二十年も私言ってたんだものねえ」

「そうだな、でもいいじゃないか」

「そうねえ、ねえビール飲もうか」

「もうやってないだろう」

「あるの、そこの林のむこうに屋台が出ていて、そこで売ってるの。ねえ、私が買って来るから、ここで待っていて」

「いいよ俺が行こう」

「いいってば、待ってて」

公子は砂を蹴って、林の方へ駆けて行った。

きらめいていた星がかすんだと思うと、左手から雲に隠れていた月が浜辺を照らした。その月が海に落ちて、太刀魚《たちうお》のように水面《みなも》に揺れてかがやいていた。

――もう出ておいでよって、二十年も私言ってたんだ……。

公子の言葉が耳の奥によみがえった。以前に自分も、そんなことを口にしたことがあると思った。

——夏休みに入るとこれだ……。

旅館から乗ったタクシーの運転手の声がよみがえった。二十年前の夜だ。ちょうど二十年前の今頃だ。

私はひとりでボートを漕いで沖へ出た。

弟が海で遭難して、もう十日も行方不明のままだった。その日の夕暮れ、捜索の間中ずっと続いていた台風が瀬戸内海の小さな湾から去って、星が空に浮かんだ。一軒のボート小屋にずっと踏ん張っていた父と母と姉たちが、砂浜に出て空を見上げた。皆黙って星を見ていた。

やがて月が岬のむこうから昇ってきて、海を皓々《こうこう》と照らした。

「やっと明るくなったねえ、これならあの子も戻ってこれるわ」

母がひとり言のように言った。母の顔はげっそりと痩《や》せて、目だけが異様に光っていた。父は黙って、やはり海を見ていた。姉や妹も疲れ果てていた。波はおだやかになっても、誰も何をしていいかわからなかった。

猫の額《ひたい》のように狭い湾の中を、十日間何百人もの人が弟を探して、水に潜り、海岸沿いを歩いた。サルベージ船までが来て、海底を捜索した。沖合いには海上保安庁の巡視船が停泊した。父の力と家族でやれることは、すべてしつくしていたように思えた。

六人の子供のうち、男の兄弟は私と弟の二人だった。

夏休みに入ったばかりの午後、弟は一人でこの海へ来て、ボートに乗って沖へ出たと言う。台風が近づいていた。

「気を付けて下さいよ」

ボート小屋の主人は弟に言ったという。スポーツで鍛えられて、泳ぎにも自信のあった弟は筋肉にまかせて沖へ出たのだろう。

夜になっても戻らないボートを主人はいぶかしく思って海を見ていた。波は高くなり海はもう荒れはじめていた。まもなく彼の小屋のボートが西の岬に空舟《からぶね》のまま流れ着いていた。

主人は私の家を知っていたから、すぐに電話を入れた。駐在所にも連絡した。私が弟の遭難の報《しら》せを聞いたのは、横浜の沖仲仕《おきなかし》の事務所の電話だった。夜行列車で帰った。故郷が近づくにつれて空は曇り、現場に着いた時は台風は瀬戸内海を吹き荒れていた。

生きているとすれば、岬の岩場か、それとも何か浮遊物につかまって、沖合いにいる。風の中を、私は父とボートを漕ぎ出した。櫓《ろ》を漕いでもボートは前進しなかった。警察は、捜索する方が死んでしまうと制したが、父は怒鳴り返して沖へ出た。

岩場の方から、灯りが見えたと聞くと、闇の沢を進んで岬へ出て、岩場を弟の名前を叫んで探した。

一日、二日、三日経っても、台風は蛇のようにとぐろを巻いて中国地方に停滞したまま動かなかった。

その台風が引き揚げようとする時に、次の台風が九州に上陸した。五日目からはさらに大型の台風が、小さな湾を襲った。

少しずつ生存の希望が消えて、捜索の方法がサルベージ船や漁船で遺体を探すように変わった。

十日目に星が見えた。私は小屋にいることが耐えられなかった。ひとりでボートを出して沖へ出た。

「浮いてくるとしたら、月が出た夜だろう」

年老いた漁師の言葉が耳に残っていた。

「どこへ行く？」

父が聞いた。

「ちょっと沖を見てくる」

「ひとりで行くな」

私は父の言葉を無視して、ボートを出した。波ひとつない海がうそのようだった。ボートは櫓がかいた水力以上に、水面を滑った。

ボート小屋がみるみる小さくなっていった。ほどなく、湾の中央に着いた。私は櫓をおさめて、水面を見つめた。よくすった墨のように黒い海は、それ自体が大きな生き物の肌のように不気味に落着いたつやをしていた。

私は西の岬を目をこらして見た。東の岬を同じように見た。生きているものの気配は感じられなかった。

顔を上げて夜空を眺めた。どうしてすぐに晴れてくれなかったのだと思った。

ボートは少しずつ満ち潮に流されてすすんでいた。

ボート小屋を見ると、私の家族がいる場所だけが灯りが点《とも》っていた。父の顔が浮び、母の言葉が聞こえた。

私は弟の名前を呼んだ。二度、三度呼んだ後で、

「もう出てこいよ」

そうつぶやいていた。ふてくされている時の弟の顔が浮かんだ。同じ言葉をもう一度くり返して言った。

その時、船先で何かが動いた気がした。私は緊張して水面をのぞいた。船べりの右も左も、何かがゆっくりと移動していた。

それは無数の海月《くらげ》だった。私のボートの回りを、何十という数の海月が浮上し、ゆっくりと流れていた。台風で海の水温が下がったせいか、いつもの年よりも早く沖合いにいた海月が湾に流れ込んできたのだろう。

海月は薄緑色に見えたり、あわい紫色になったり、銀白色になってボートの周りを泳いでいた。

私はそれが、この海で死んだ人間たちの化身《けしん》のように思えた。よく見ると海月はひとつひとつ表情が違って見えた。

私は弟の面影が見える海月はありはしないかと、ひとつひとつを観察した。

波が出てきたのか、ぺちゃぺちゃと船べりを叩く水の音が聞こえ出した。

ボートと小屋の見える浜との間に、月が帯のように水面に落ちて、湾を横切っていた。

海月たちは、その月明りをめざして泳いでいるように見えた。

私はその時、弟は死んでいるのだと思った。捜索している間も気持ちの隅で、これは弟の仕組んだ芝居だと思ったこともあったが、そんなことはあり得ず、この海の底のどこかに彼はいると確信した。

そう思った時、海月はただ海面を流れているだけで、意志も感情もない浮遊物だとわかった。

私は櫓を水面にさして、ボート小屋へ引き返した。

翌朝、弟の死体が浮上した。

「ごめんね、待った」

「…………」

「ビールが一本しかなくて、お酒をもらってきたけど、いい」

「ああ」

「ビールにする、お酒にする？」

月明りに浮かんだ公子の顔は美しかった。

「何見てんの」

「いや、……お酒にしようかな」

「そう、じゃあ、私はビールにしよう」

激しい音がして、ビールの泡がかかった。公子は小さな悲鳴を上げて、私にハンカチを差し出した。

「いやだ。顔中かかっちゃった」

水滴のついた公子の顔が笑っていた。私は酒をひと口飲んで、口の中にふくんだ。甘い香りが鼻を突いてひろがった。すぐ隣りで、喉《のど》を鳴らす音がした。

「息が切れちゃったわ。もうおばあさんね」

公子が言った。

「まだこれからだよ。これからしあわせにならなくっちゃあ」

「そうねえ、私しあわせになれるかなあ」

「なれるさ」

私も公子も空を見上げていた。七月の月が海の上を滑りながら潮風に揺らいでいる。波音が少し遠ざかったように思えた。

私は立ち上がって、ズボンについた砂をはらった。公子も立ち上り空《から》の缶を握って、小さな音を立てた。鼓《つづみ》を叩いたような澄んだ音色だった。

冬《ふゆ》の蜻蛉《とんぼ》

七分目に水を入れた金ボールに半丁に切った豆腐が沈んでいる。笊《ざる》に春菊が一束、葱《ねぎ》が二本。俎板《まないた》には白布で包んだ髯鱈《ひげだら》の切り身がある。その隣りに出《だ》し昆布が二枚、名刺の大きさに綺麗に切って並んでいる。

どれも皆飯事《ままごと》のようなちいささである。

牧子《まきこ》は熱湯から引き上げた小鍋を乾布巾《からぶきん》で拭《ふ》いている。指に力を込めて拭くと、薄いアルミニュームの鍋は鳥が鳴くような音を立てる。

その音に今しがた駅前から電話を掛けてきた圭一《けいいち》の低い声が重なった。

「今、駅に着いたところだ」

「そう、じゃ待ってますから」

圭一は大きな身体の割にゆっくりと歩くから、牧子のマンションに着くまで小三十分かかる。あと二十分……、といったところだろう。

アルミの鍋を鱈のわきに置いた。思っていたよりは量が入りそうだ。一人前の鍋にはやはり便利な大きさだ。

どうしてこんなものがデパートに売ってなかったんだろう。

先週末、仕事帰りに合羽橋《かっぱばし》まで行ってやっと見つけた鍋である。デパートを数軒回ったのだけど、若い女店員はアルミ鍋のことを尋ねても知らなかった。だから今の若い女の子は……、と半分腹を立てたが、その替りにちいさな七輪を見つけた。七輪用の炭まで売っていた。

あっ、いけない。窓辺に置いておいた七輪の炭がもう熾《おこ》っているはずだ。

牧子はあわててリビングの窓辺に走った。思った通り、七輪の中で炭が十二月の風に赤くふくらんでいた。七輪を卓袱台《ちゃぶだい》の上に置いた。窓を閉じようと窓辺に寄ったが、そのままにしておいた。冬の陽《ひ》が沈もうとしていた。

圭一は外の空気を入れたがる。

今年の夏初めて二人で酒を飲み、酒場から自分の部屋に招き入れた夜も、圭一はクーラーを停めて外の風に当たりたい、と言った。八月も終ろうとしていたが熱い東京の夜風を欲しがったのに、牧子は少し驚いた。

「寝苦しいでしょうに……」

「いや、クーラーの方が疲れるんだ。もし君が嫌ならかまわないよ」

「いいえ、私も外の風に当たるのは好きだし……」

咄嗟《とっさ》に牧子はうそをついた。北国の生れだから寒さは平気なのだが、ここ数年の熱帯夜と呼ばれる東京の夜の蒸し暑さが耐えられなかった。

「隙間だらけの家で育ったもんだからな。空気が流れてる方が安心するんだ」

冗談だとは思うのだが、圭一は時々真面目《まじめ》な顔で面白いことを口にする。

つき合い出してちょうど三ヵ月になった夜、

「寒くなったわね、風が」

「そうだな」

「お酒も美味《おい》しくなるわね。そうだわ、鍋をしましょうよ。鱈ちりがいいわ。よく石巻の田舎で祖母がこしらえてくれたの。鮟鱇って知ってる?」

「いや、俺は食べものはよくわからないんだ。それに……」

「それに何?」

「そんなにたいそうな料理は、かえって味がわからなくなってしまう。だいいち仕事に疲れて帰ってから君が頭を悩ませたと思うと、俺は駄目なんだ」

牧子は料理が苦手だった。

圭一がそのことを気遣って言ってくれてるのがわかった。

「あらっ、私が料理が好きじゃないって話したからなの？」

「違うんだ。そんなんじゃないんだ。鍋なら好きな鍋がある」

「どんな鍋なの？」

「君は知ってるかな、昔、街のちいさな食堂なんかで一人前だけ湯豆腐を注文すると、こんな大きさのアルミの鍋で出てきただろう。あの湯豆腐が好きなんだ」

若い頃に野球をやっていたという圭一の手は普通の男よりひと回り大きい。時計を修理する職人にしては指も太いし掌の肉も厚過ぎる。その手がしめしてくれた鍋の大きさで、牧子は圭一が言っているアルミの鍋のことを思い出した。死んだ祖母がその鍋でひとり前だけのうどんを作って食べているのを少女の頃に見た覚えがあったからだ。それが子供心にひどく美味しそうに見えて、牧子は祖母の着物の袖を握ったままうどんが七輪の上で煮え立つのを眺めていたことがある。

「ああ、あれね、思い出したわ。田舎で祖母があの鍋で味噌うどんをこしらえていたから……何年前かしら、伊勢に旅行に行った時に鳥羽の駅前の食堂で同じ鍋でうどんを食べたことがあったわ」

「なんだか、あんなものが好きでね。二十年位前には六本木の食堂でも、あれで湯豆腐を喰わせてたんだ。半丁の木綿豆腐に葱が数切れ入ってるだけなんだ。それが妙に美味《うま》くてね……」

「わかるわ。それって……」

牧子は圭一に逢って以来、自分が少しずつ変わっていくのに気付いていた。

二十歳で石巻から上京し化粧品会社に勤めた。マネキンとして働いていた時にふとしたことから競合会社の宣伝部長と知り合い、その会社に引き抜かれた。その部長の奨めで当時としては珍しい調香師の仕事をはじめた。二十三歳の時に貯えていた金をすべて使ってパリに単身留学した。田舎で中学校と高校の教師をしている両親は、女ひとりがそこまでして働くことはないだろうと反対したが、牧子はパリへ旅立った。祖母だけが、

「一度しかないおまえだけの人生だもの、好きにするがいいよ。いいじゃないの、パリは私がもう三十年若かったら牧子と一緒に行きたいくらいだよ」

と言って、貯えていた臍《へそ》くりの五十万円を仙石線の駅のプラットホームで渡してくれた。パリへ留学したことが牧子の人生を変えた。当時はまだ調香師という言葉を口にしても、それが香水のブレンダーのこととはほとんどの人が知らなかった。本場のフランスでは社会的地位も確立していたが、日本人は香りの世界からたち遅れてい

た。それが経済成長と共に日本人の暮らしが豊かになると脚光を浴びるようになった。牧子は一生懸命日本人に合う香水をブレンドしているうちに、気が付いた時はトップクラスの調香師になっていた。そうなると仕事は放って置いてもむこうからやって来た。フランス語も夜学で勉強し、今は年に一度ヨーロッパで開催される香水の世界会議にも日本を代表する数名に選ばれて渡欧する。四十五歳まで独身で過ごしたのは結婚相手がいなかったわけではなく、やはりどこかで仕事を第一として肩肘《かたひじ》を張っていたせいかもしれない。身を痩せさせたとまでは言わないが、いくつかの恋愛もしたし数年の間同棲に近い関係だった男もいた。その相手と結婚まで行かなかったのは男の不甲斐なさが半分と牧子の潔癖性が半分邪魔をした。その男を両親に内緒で一度、祖母に逢わせたことがあった。上野にある鰻屋で三人で食事をした。

「牧子、およしよ、あの人は」

「どうして」

「ワイシャツに鰻の垂れ染みが付いたくらいで騒ぐ男は所詮底が知れるもの」

祖母は鰻屋で男が自分のワイシャツに鰻の垂れをこぼし染みが付いた時、店員を大声で呼びつけたことを話した。別に祖母にそう言われたからではないが、しばらくして男が他の女ともつき合っていることがわかって、別離した。それから一度、ひと回りも歳下の男とつき合ったが、それも長く続かなかった。牧子に近づいてくる男は不思議と神経質な性格の男が多かった。それは逆に牧子が男の良し悪しを判断する時に相手の匂いを嗅ごうとするせいかもしれなかった。

無臭の男が良かった。その男に少しずつ自分の香りを沁み込ませようとした。最初のうち男は牧子のそんな行動に半ば興味あり気に反応する。無臭になろうと気遣う男もいた。しかし肉体関係を持って肌が触れ合うと男の嫌な匂いが鼻に付くようになってしまう。

白菜を切って古伊万里の皿に盛った。

白菜の黄色と古皿の染め付けの赤があざやかだ。わざわざ東北沢まで行って買ってきた包頭連白菜《パオトーレン》だ。

牧子は近頃、自分でも料理の手際が良くなったと思う。

「そんなに君が疲れるほど料理をこしらえなくていいんだ。あるものをぽんと切って出してくれりゃ、それでいいんだ。こんなに美味い御飯が炊けるんだから、それで充分さ」

料理が苦手だった。二十歳の時に家を出て働き通しだったから、誰かに料理を教わる機会がなかったし、共働きの母親に何かを教わるということもなかった。実家の料理は祖母がこしらえた。横浜で生れて見合結婚で北の港町に嫁いできた祖母は社交的な性格をしていて、家庭料理よりも外食が好きだった。牧子は祖母と二人きりでよく仙台の街まで食事をしに行ったのを覚えている。

けれどその祖母が御飯の炊き方だけは丁寧に教えてくれた。

「一番は基が良くなくちゃいけないよ。人間と同じさ。いい米を選ばなくっちゃ。それからは下ごしらえ。とにかく眠ってる米の一粒一粒を起こすつもりで、こうして、ぎゅっ、と握りしめてやるの」

祖母の生米を握る拳の加減を知らぬ間に身体で覚えていた。

「御飯さえ美味しく炊ければ女はそれでいいんだよ。料理は所詮板前にはかなわないんだから、それに牧子は綺麗好きだから、そのうちいい男が見つかったら自然と料理を覚えるよ。料理の腕なんて半分は男が決めてくれるんだから……」

祖母の言う、いい男にめぐり逢わなかったせいか、牧子は自分でも呆れるほど料理が上手く作れなかった。美味しいものを食べることに無頓着なわけではない。東京のどの店の味が美味しいかは同じ歳の女性よりはよくわかっているつもりだ。

炊飯器のデジタル表示が、あと五分で蒸《む》らしに替わる。圭一が部屋に来て、ビールを一本飲み、日本酒にかえてから食事をする頃には、ちょうどいい塩梅《あんばい》だろう。

冷蔵庫から鱲子《からすみ》を出して切った。

どの皿に盛ろうか。

牧子は背後の食器棚を開けて、皿を物色した。

そうだ、先月京都で見つけた織部の角皿がいい。

料理が苦手なくせに器だけは人一倍揃《そろ》えていた。

白菜と鱲子の皿をリビングの卓袱台に運んだ。

すると七輪のむこうにちいさな影が走るのが見えた。牧子は皿を両手に持ったまま足がすくんだ。

家蜘蛛《いえぐも》である。

蜘蛛は牧子から身を隠すようにテレビの置いてある部屋の隅に逃げ込んだ。

虫が嫌いだった。嫌いと言うより怖かった。小学生の時、学校へ出かける玄関で自分の靴の中に忍び込んでいた蟋蟀《こおろぎ》を踏みつけてその場で卒倒したことがあった。天井に蜘蛛が這《は》っているのを見つけると、その部屋にかたときもいられなかったし、蛾《が》が舞う街路灯のそばにも寄れなかった。

虫の夢を見て、泣きながら目を覚ますこともあった。その恐怖は大人になっても変わらなかった。このマンションに引越して五年になるが、建物のむかいが大家の家になっていて、広い庭があった。杉、松、樫、柿……と大小さまざまな木が植えてあり、鳥がよく集まっていた。木々や葉の匂いを嗅げることは好運だったし、季節ごとに鳥のさえずりが聞けるのは嬉しかったが、鳥が集まるということは虫が多いということだった。

引越してすぐに、壁に羽蟻が動いているのを見つけて、網戸を注文した。その羽蟻一匹を叩いて殺すのにバスタオル一枚を無駄にした。ティッシュで死んだ羽蟻を握りしめた時指先が震えるのがわかった。

「一昨日《おととい》の夜の蜘蛛だわね……」

牧子はつぶやいた。

蜘蛛一匹が近頃、平気になっている。

圭一のせいである。

圭一の存在で、牧子の根元のようなところが少しずつ変わろうとしている。

「蜘蛛は何もしやしないさ。それに家蜘蛛が入ってくる家は栄えるっていうんだ。きっとあいつも淋しいんだろうよ。君の味方ってとこだな」

ベッドの中から天井を這っていた蜘蛛を見つけた時、圭一が笑いながら言った。

「そうなの？　そう言えば可愛いようにも見えるわね」

そう口にしたものの牧子はシーツの中の圭一の二の腕を摑み直した。

「何でもないさ。怯えてるのは蜘蛛の方かもな」

「そうね。大丈夫よ、私。あなたがいてくれるから、もっと大きい蜘蛛だって」

「ほう、えらい勇気だな」

「そう、勇気をくれてるの、あなたが」

「俺は人に何もできやしないさ。むしろ俺の方が勇気が欲しいくらいだ」

圭一は何の気取りもなく思ったままのことを口にする。口数が少ないのは初めて逢った日からわかっていたが、牧子には圭一の、他の男たちが決して持ち合せない良さがわかっている。それはやさしいとか思いやりがあるとか、ありきたりの言葉では言いあらわせない圭一だけの奇妙な匂いのようなものだ。

そばにいるだけで、妙に気持ちが落着いてくる。些細なことにこだわっていた自分がひどく恥しくなる。と同時に圭一は牧子自身が気付かなかった彼女の性格を見つけてくれることもある。

あれは十日程前の夜半のことだった。

窓から大家の庭を眺めている圭一の背後に寄り添った時、牧子は風が変わったのに

気付いて、

「冬の匂いがするわ」

とつぶやいた。

「冬の匂いか……。いい言葉だな。子供の頃はそんなことが自然とわかっていたのに、都会で暮らしていると忘れてしまうものな。君はひとりぼっちだったんだろな」

圭一はじっと闇の庭を見つめたまま言った。

「どうしてそんなことがわかるの？」

「俺もひとりだったから……子供の頃どうして冬が来るのか不思議でしようがなかった。風がこんなふうに冷たくなると、たしかに独特な匂いがするもんな。冬の匂いか……、その言葉を知ってりゃ、もう少し冬を迎えるのが楽しかったかもしれないな」

「私、好きなの、この匂いが。冬が好きだったの」

「寒いんだろうな、北の冬は」

「寒いけど、何だかいいのね。空や雲や、風や街並が引きしまっていくようで」

「ああ、わかるよ、その感じ」

「本当に」

牧子は大きな圭一の背中に頰をつけた。髪をそよがせていた冬の風が失《う》せて、圭一の身体の温《ぬく》もりが伝わった。

この人は私を囲ってくれている垣根のようなものかもしれない、と牧子は思った。肌着から圭一の匂いがした。

この匂いが好きなのだ……。


圭一と初めて逢ったのは三年前の多摩川堤だった。

秋のはじまろうとする頃で岸辺を抜ける風は、夏のふくらみが失せて乾いた秋の気配を漂わせていた。牧子は化粧品会社の重役の家に初孫の祝い物を届けての帰りだった。田園都市線の駅まで歩こうとして吹いて来た風に誘われて堤に出た。

草と水の匂いが心地良かった。

ちいさな野球場が見えた。ユニフォーム姿の少年たちが練習をしていた。彼等が土を蹴るたびに、赤土の匂いが届くような気がした。少年たちの親だろうか、数人の大人が堤の下の方でグラウンドの練習を眺めていた。

牧子は堤の途中で立ち止まった。

ゆっくりと電車が鉄橋を渡っていた。河の水が光っていた。蜻蛉《とんぼ》の群れが飛んでいた。

こんなにのんびりとした光景を見るのはひさしぶりのことだと思った。

「うん？　何の匂いかしら」

牧子は思わずつぶやいた。

「何だって？」

ふいにそばから男の低いしわがれた声がした。見ると濃紺の上下を着た大きな男が草むらに腰をかけて座っていた。

「あっ、ごめんなさい。なんだか懐かしい匂いがしたものだから……」

「匂い、あっ、これは蓬《よもぎ》の匂いさ」

男は笑って言った。その手にこの堤で摘んだ蓬の束が握られていた。

「いい匂いですね」

「うん、いい匂いだな」

男はそれだけ言って立ち上がると、グラウンドで呼んでいる連中に手を上げて堤を降りて行った。男が歩きはじめると数匹の蜻蛉があとを追うように飛んだ。

二度目に逢ったのは銀座にある老舗《しにせ》の時計店だった。

数年前にパリで買い求めたアンティークの腕時計がこわれて、それを修理に出したのを取りにいった時であった。三軒の時計店で修理を頼んだのだが、いずれも数日もしないうちにまた調子がおかしくなった。気に入っていた時計だったのでなんとかしたかった。

「また止まったりしないかしら……」

店員に話をしていた時に、

「もう大丈夫ですよ」

とショーケースを見ていた男が言った。突然声をかけられて見返した男の目が、その大きな身体とは不釣合いに思えるほどどちいさかった。牧子の時計を修理した人だと紹介されて、繊細な仕事をする人がこんな大男だったことが牧子には意外に思えた。

「どこかでお逢いしましたっけ……」

そんな気がして牧子が聞いた。

「いや、初めてだ」

ぶっきら棒な言い方に牧子は驚いた。

「それはむこうの職人の手造りの時計だ。あまり湿気のある場所に置かない方がいい。いい品物だよ」

男は牧子の目をじっと見てから、店を出ていった。通りに出た男のうしろ姿だけに、秋の陽差しが集まっているように見えた。

「あっ、堤の男だ」

牧子は声を上げた。一週間前に多摩川の堤で逢った男に違いない。あの低いしわがれた声もそうだが、それ以上に牧子が男のことを憶えていたのは、あの日立ち上がって歩き出した男の周りに数匹の蜻蛉が群がっていたからだ。

——嫌だ、虫の引率してるみたいだ。

と、その時牧子は思った。

偶然が重なった。今度は九月下旬の或る夜、麻布にある京料理の店だった。〝ゑり久〟という名のその店は味がいいことで評判で、以前から牧子は一度行ってみたかったが、気難しい主人で一見《いちげん》の客はとらないということだった。その日牧子は知人の催す茶会へ出席した。茶会の小懐石の料理を〝ゑり久〟の主人が仕切っていた。それで知人に頼んで夜の食事に出かけた。牧子にしては珍しく着物を着ていた。カウンターで主人の話を聞きながら食事をしていた時に、男がふらりとあらわれた。

圭さんが見えました、と仲居が言った時、主人の顔がぱっと明るくなり、他の若い板前たちの表情もどこか嬉しそうになった。

——どんな人だろう、男たちが騒ぐなんて。

とあらわれた男を見て、牧子は驚いた。

圭一はカウンターの隅で黙って酒を飲んでいた。時折、酒を運んできた女に笑ってうなずく横顔がそれまでの印象と別人のように見えた。

その夜奇妙なことがあった。

店の中に一匹の蜻蛉が入ってきた。一瞬客たちが蜻蛉の影に目を見張った。

「ほおっ、銀ヤンマじゃないか」

主人がゆっくりと店の中を飛ぶ大きな蜻蛉を見て言った。

「愛宕の山から夜遊びに来たんだろう。こりゃいいことがあるかな」

主人の声に常連の客たちが笑った。

蜻蛉が肩先を横切った時牧子は眉をひそめた。蜻蛉は糸で引かれるようにカウンターに頬杖《ほおづえ》をついていた圭一の肩先にとまった。

皆が興味深そうに圭一を見た。しかし圭一はそんな視線をかまわないふうに何か考えごとをしていた。蜻蛉は彼の肩にじっとしたまま動かなかった。主人がその様子を見て笑っていた。

「くずきり、お口に入りますか」

圭一に見とれていた牧子に主人が言った。

「えっ、あっ、いただきます」

牧子はあわてて答えた。

圭一が銚子を摑んで酒を注いでも蜻蛉は動かないでいた。

「虫に好かれる男なんだね」

知人のひとりが囁《ささや》いた。

「虫の好かない男ってのはよく聞くけどね」

隣りにいた女友達がクスッと笑って言った。

なんとなくその夜から〝ゑり久〟へ牧子は通うようになった。独り暮らしには、主人のおまかせでこしらえてくれる食事が多からず少なからず、その上味も良かった。酒を飲みたい夜はそれなりの肴《さかな》が出て、これがひどく美味しかった。

時々圭一と居合せる夜もあって、いつしか口をきくようになった。

「以前から知り合いだったんですか、お二人は」

主人の言葉に圭一も牧子も笑っていた。

箸置《はしおき》を拭いている。

蜻蛉のかたちの銀製の箸置である。この箸置を見ていると、あの夜の銀ヤンマと圭一の姿を思い出す。

あと数分で玄関のチャイムが鳴るだろう。

エントランスのモニターテレビに少しうつむき加減の圭一の顔が映る。

いらっしゃい、と言っていた返答を先週から、お帰りなさい、に替えた。その言葉を口にするのに牧子は数日間考えた。

臆病になっている自分がわかった。ひょっとして最後の人になるかもしれない。そう思うと言いようのない不安が襲う。ひとりっきりでいることがこんなに怖いと思ったことはこれまで一度もなかった。これまでの男たちは、どちらが別離を言い出したにせよ、彼等の存在が自分の世界から失せても牧子は平気で生きて行くことができた。しかし圭一の場合は違っていた。

――もしあの人がいなくなってしまったら……。

そう考えるだけで唇が震えてくる。

新聞の三面記事で、交通事故や火事の掲載を見つけるとすぐに名前を確認してしまう。

そんな不安も、圭一があらわれた途端に消えてしまう。顔を見ているだけで、シャワーを使っている音を聞いているだけで、心配していたことがうそのように思える。

「可愛い箸置だな」

初めて部屋に圭一がやってきた翌朝、朝食の卓袱台に置いた箸置を見て言った。

「他にもいろいろあるのよ」

牧子は食器棚の中に、それだけ木箱に仕舞ってある箸置を出して卓袱台の上に並べた。

「これは神戸で見つけたの、これが青山の骨董《こっとう》通りのちいさなアンティークの店で、これが……」

その時牧子は子供のように宝物を大人の目の前に並べている自分に気付いた。どうしてしまったんだろうと思いながら、あとになって箸置も食器もすべて誰かに見てもらいたいために収集していたことがわかった。

――きっとこんな何気ないことを私は待っていたんだわ……。

それがわかるとまた不安がひろがった。

遠くで電車の走る音が聞こえた。踏切りの警報機の音がかすかに届いた。

七輪の炭火が少し消えかかっている。

牧子はキッチンに行ってデパートで買ったちいさな炭を取り出した。リビングに戻ろうとしてテラスのガラスを赤く染めている冬の陽を見た。美しい色をしていた。

夕陽を二人で見たのは十月の祭日だった。圭一は休みになると、少年野球の審判をやりに出かける。〝ゑり久〟の主人と圭一のつながりはその少年野球が縁だった。野球好きの主人が無報酬で少年たちの野球の審判をしているのを圭一が知って親しくなったらしい。

牧子は半日野球場の片隅で圭一の姿を見ていた。普段はおとなしい圭一がグラウンドに出た時だけ大声できびきびと動き回るのに感心した。

「お疲れさん」

「退屈しただろう」

「ちっとも。でも私驚いちゃった」

「何が？」

「あなたの声がよく通るのに」

「そうかな」

「そうよ。何か子供たちがあなたの声で右に左に走って、遊んでるみたいに見えたわ。ちょっとうらやましかったわ。あの子供たちが」

二人して夕陽が沈もうとする堤の道を歩いた。

「私、子供の頃からずっと抱いていた夢があったんだ」

牧子が言った。

「なんだい？」

「笑わない？」

圭一が頷いた。

「夕焼けを男の人と二人きりで見たかったの……、変な夢でしょう。笑うわよね、いい歳の女が、馬鹿みたいね」

牧子は自嘲するように言った。

「そんなことはないよ。素直でいいよ」

「二人で夕焼けを見たら、その人と一緒にいる理由がよくわかるような気がしてたの」

「お手々つないで皆帰ろか……」

「そう、どうして、その歌のことがわかったの？」

「ただ思っただけさ」

あの夕陽を二人して見て以来、圭一は牧子にとってなくてはならない存在になった気がする。

テラスの生垣に夕陽が半分埋もれていく。

「あらっ、何かしら」

つつじの生垣に何かがとまっている。

蜻蛉のようだった。銀色に光っていた。

「銀ヤンマだ」

牧子は声を上げた。そうして玄関の方をふり返った。圭一が戻ってきたら教えてやろうと思った。

電話機の横の置時計を見た。

圭一の電話から三十分が過ぎている。

「どうしたのかしら、何かあったのかしら」

牧子は急に不安になった。

置時計の脇に野球の審判用のちいさなカウンターが夕陽に光っている。圭一が審判をする時にアウトとストライクのカウントを手元で確認する道具だ。調子が悪くなったカウンターを圭一は牧子の部屋で修理した。

下着や洋服以外で唯一牧子の部屋にある圭一の持ち物だった。

修理をしていた圭一の横顔が浮かんだ。

「野球が好きなのね」

「それしか知らないしな……」

「昔、野球をやってたんだってね」

圭一がその時だけ顔を上げて、牧子を見た。目の奥が光っていた。怖い目だった。

「誰に聞いたんだ？」

強い口調だった。

「〝ゑり久〟のご主人が、昔、圭一さんは名選手だったって……」

「そうか」

圭一はうなずいて、また修理を続けた。

四十分が過ぎた。

これまで圭一が駅から三十分以上かかることはなかった。

牧子は言いようのない不安にとらわれた。

エプロンを外して玄関へ行った。ブラウスの襟元《えりもと》をなおそうと胸元に手をかけると床にボタンが一つ外れて落ちた。

嫌だ、迎えに行こうとした時に……。

床のボタンを見つめていると耳の奥から男の声がした。

「あいつは清家圭一と言って、昔八百長をやらかしてプロ野球から永久追放された男だ。あんなヤクザな男にかかわらない方が君の身のためだ」

野球に詳しい取引先の部長が六本木で圭一と二人でいるところを見つけて耳打ちした。

「何のことですか、それ」

「だから社会から永久に追い出された人間ってことですよ」

「人間が人間を追放するなんてことができるんですか」

牧子は知らぬうちに大声で話していた。

「いや、それは僕にもわからないが、と、とにかく近づかない方が……」

牧子はその男を持っていたバッグで殴りつけてやりたかった。気を鎮めて、皆が圭一の周りに嬉しそうに集まるのを話そうとしたが、こんな男に圭一の良さがわかるはずはないと思った。

牧子はマンションの外へ出た。

駅にむかって走り出した。走っているうちに、なぜだかわからないが涙があふれ出した。

圭一さん、圭一さん、と口の中でつぶやきながら表通りに出た。

そこに圭一が少年と二人で立っていた。

小学生らしい少年は半べそをかいていた。すぐかたわらのガードレールに自転車が立てかけてあった。

「圭一さん」

牧子が名前を呼んだ。

圭一が牧子を見て笑って手を上げた。圭一と少年のそばに、太った女が駆け寄って来て頭を下げた。圭一は少年の頭を撫でて、牧子の方へ歩き出した。

「どうしたんだ？」

「あんまり遅いもんだから」

「あの子がガードレールに自転車でぶつかって道に倒れ込んだのでね」

ふり返ると女と少年が頭を下げて、ありがとうございました、と女が声をかけた。

圭一は照れたように会釈《えしやく》をして、牧子の手を取った。

その途端にまた涙がこぼれ出した。

「どうした？　何かあったのか」

何でもないと言いたいのだが、牧子は言葉にならず、ただ首を横にふりながら歩いた。

「どうしたんだ？」

「な、なんでもない。そうだ。圭一さん……」

牧子は今しがたテラスの生垣で見たものを圭一に伝えてやらねばならないことを思い出そうとした。しかしそれが何だったのか思い出せなかった。

牧子は立ち止まって、圭一の顔を見上げた。肩越しに冬の陽が沈んだ後の紫の雲が流れていた。

秋野^{あきの}

十一月に入って、雨の日が永く続いた。木枯しの気配を一度肌に味わってからの晩秋の雨だったので、石山美津夫《いしやまみつお》には、この天候はいささかこたえた。

若い時分と違って、去年喜寿を迎えた石山の老体は季節の訪れを遅らせたり早急にさせる天候に順応できなくなっている。そのせいかもしれないが若くて張りのあった己の肉体が懐かしく、この頃、彼は青年時代のことを何かの拍子に思い出すことが多かった。

それはほとんどが旧制中学で野球をしていた時代のことで、炎天下のグラウンドで白球を追っていたり風花の舞う海岸線をランニングしていたりする姿だった。奇妙なことにグラウンドで颯爽《さっそう》とプレーをしていた姿ではなく、夏なら渇いた喉《のど》を鳴らしながら井戸水を飲んでいるところや練習が終った帰りに足元を攫《さら》う風の吹きぬける道端に立って饅頭を食べている若い己の姿があざやかに記憶の中にあらわれた。

半日喉が渇きどおしでやっとありつけた水を飲んだ時の、あの喉元を通る感触と胸板を濡らした井戸水の冷たさまでがよみがえってくるし、湯気を出していた饅頭の小豆の色から口の中にひろがった甘味までがたしかに思い出されて生唾《なまつば》が口の奥にじわりと溜ることがあった。意地汚い性格だと初めは自分でも恥しい気がしたが、それは石山がここ数年持病の糖尿病のためにひどい食事制限をさせられていることも影響しているのだろうと思って安心していた。

石山は現役時代決して名選手ではなかった。それどころか高学年になってからは下級生にポジションを奪われマネージャーをさせられていたし、ほとんど試合にも出場した経験がなかった。それでも彼が数年前まで母校の野球部のOB会長をさせられたり各高校の野球部のOBで作っている懇親会の世話人代表を今もしているのは、ひとえに九州のこのちいさな街の名家の出身であったからにほかならない。石山家は戦前、ここら一帯の大地主で江戸時代は家老職を永く務めた素封家《そほうか》だった。石山の曾祖父は四国・松山ではじまった日本の野球の草創期のメンバーだったというから、筋金入りの野球好きの血筋をひく家柄だったのである。祖父も父も皆学生時代は野球選手として活躍していた。石山も、好むと好まざるとにかかわらず入学と同時に野球部へ入部した。野球が嫌いなわけではなかった。幼い頃から祖父や父に連れられて神宮大会や甲子園での中等野球大会を見学に行っていたので、野球の持つ華やかさや醍醐味は子供の時からよく知っていた。

ただ石山は母が病弱であったせいか、偉丈夫だった父や祖父に比べると脆弱《ぜいじゃく》なところがあった。そのせいばかりではないが石山は名プレーヤーであったことは一度たりともなかった。

なのに石山の財産といえるものは、祖父の興した港湾土木会社ではなく野球を通して知った友であった。

鶴岡卓也《つるおかたくや》から電話が入ったのは一昨日の夕刻であった。

「里中《さとなか》が死んだらしい……」

受話器のむこうから鶴岡のくぐもった声が聞こえた。

「病気でか？」

と石山は咄嗟《とっさ》に聞き返した。

「たぶん、そうだろう。実家で亡くなったという話だから……。でどうする？」

鶴岡の口調には里中の死をいかにも厄介事のように思っている彼の感情が見え隠れしていた。

「葬儀はまだなのか？」

「やはり行くのか……」

鶴岡のため息が聞こえた。

「葬儀は親族だけで簡単に済ませたらしいと、報せてきた者は言っていた」

「その人に詳しいことを聞いてくれないか」

「生憎《あいにく》俺は明日から東京へ行く用がある」

鶴岡が里中のところへ出むきたくない理由はわかっていた。

里中は鶴岡からかなりの額の金を二度にわたって借り出し、返済はおろか連絡も取らずに行方知れずになっていたからだった。里中の被害に遭ったのは鶴岡ひとりではなかった。何人もの野球部のOBが彼の巧みな手口に引っかかって金を貸付けたままになっていた。

里中亨《とおる》は石山と鶴岡と同期で中学野球部に入った男で、三人はともに東京の同じ大学へ進学し野球部で過ごした仲であった。

里中は花形投手だった。

鶴岡も好投手だったが、里中の技量と華やかさにはかなわなかった。かと言って鶴岡も石山も里中を妬んだりはしなかった。むしろ二人にとって里中は希望の星であった。ユニフォームを着ている時の里中は性格も素直で大観衆の前で喝采を浴びてもそれを鼻にかけるようなことはなかった。普段の里中は赤面症を気にするおとなしい青年だった。

石山は石田駅から日田彦山線に乗り南へむかった。車窓を流れる住宅街を見ながら、彼は里中との日々を思い浮かべていた。

「僕、野田から来た里中亨です。よろしく」

グラウンドで初めて逢った時の里中は初々《ういうい》しい少年であった。色白で女のような顔が大勢の新入生の中で目立っていた。その色白の少年がいったんマウンドに立つと、驚くほど速い球を捕手のミットに正確に投げ込んだ。山奥からやってきた新入部員はいきなり主戦投手になった。里中の活躍でチームは全国大会で準優勝をするにいたった。里中はヒーローになった。観客は彼の華麗なフォームに魅了され応援し続けた。それは大学野球部でも同じだった。里中は全国区のヒーローとなった。戦争で中断した後、社会人野球の主戦投手として活躍している間もずっと彼の栄光は続いた。まさに野球は里中にとって青年時代の檜《ひのき》舞台だった。

里中の人生の歯車が狂いはじめたのは、社会人野球のチームで三度目の移籍をした頃からだった。

製鉄所、鉄道局、そして運送会社と彼は少しずつ弱体チームのマウンドへ上がるようになった。里中の投げる球はあきらかに球威が衰えていった。里中が石山を訪ねてきたのは運送会社のチームを解雇になった数ヵ月後だった。里中は地元の野球関係者に顔がきく石山の父に社会人野球のコーチをしたいと申し出た。

父は里中に野球のコーチをするより、大学を出ているのだからしかるべき会社に就職し社会人として再出発してはどうかとすすめたが、彼にはその意思はなかった。しかしベンチから野球を見た経験のなかった里中には選手を指導したり野球の細かい作戦を立てるという能力がなかった。

最初の被害に遭ったのは、彼を応援してくれていた野球好きの後援者たちだった。

里中は圧力鍋の販売会社をやりたいと後援者に持ちかけ金を集め、かなりの金額を手にして東京へ買い付けに行ったまま消息を絶った。初めのうち後援者たちは、商売に疎《うと》い里中が持ち慣れない金を持って東京で商談に失敗し金を欺《だま》し取られているのではないかと心配した。三ヵ月後石山は父に言われて里中を探しに上京した。里中はすぐに見つかった。彼は野球部の後輩のアパートに転がり込んでいた。石山の顔を見ると彼はばつが悪そうに頭を掻《か》いた。石山は里中に金を貸した後援者たちが心配していることを話した。すると里中の顔は見る見るうちに生気を取り戻し、石山と二人で帰省した。彼は郷里に帰って実家の醤油屋を手伝いはじめた。しかし父親と折合いが悪くすぐに石山たちの街へ舞い戻ってきた。石山を高校の野球部の監督にさせようという話が出て、彼は高校のコーチをするようになったが、里中はグラウンドに出ない日が多くなり監督と反目してやめてしまった。昼間からぶらぶらと石山の家へ遊びにくる里中を見て、父が何度か就職を世話したが、どこも長続きしなかった。

二度目の被害は地元の野球部のOBたちだった。自動車の整備工場をはじめたいという里中の言葉にOB連中が金を出し合った。土地を無償で提供してくれた先輩までいたが、金のほとんどを使い込んで、彼は行方をくらました。

それから数年後、中学の野球部創立五十周年を祝う会が開かれることになりOB会で全国大会準優勝の立役者である里中を出席させようという声が出た。石山はまた里中を探しに上京した。その頃、石山の耳には鶴岡や他の同級生から、彼が大学野球部のOBたちから金を借りては返済しないままでいるという噂が聞こえてきていた。彼は東京にはいなかった。大阪に住む大学の野球部の先輩の家に居候していた。石山は里中を連れて帰った。罪の意識がないというか、どこか憎めない少年の面影を残す里中を見てOBたちは整備工場の一件を不問に付した。

次に被害に遭ったのは大学野球部の同期生だった。当時、東京の商社に勤めていた鶴岡が音頭を取って、里中に東京でアメリカ製のスポーツ用具の代理店をやらせた。半年も持たなかった。売上げの金を持って里中はまたいなくなった。その借金を鶴岡と石山が中心になって返済した。そのお蔭で鶴岡は商社を退職し証券会社へ移った。ここまでやったのだからと皆里中のことは諦めることにした。

皆が里中のことを忘れかけていた三年後に、彼はひょっこり大学のOB会に或る先輩と連れ立って姿をあらわした。恰幅が良くなっている里中を見て皆驚いた。今は名古屋でちいさな損保の会社をやっていていずれ借金も返済するつもりだと神妙に話した。実はその時が名古屋でその先輩と二人してはじめた事業が失敗し逃げている途中ということがわかったのは数ヵ月後のことだった。OB会の名簿を手にその数ヵ月で里中はかなりの借金をして消えていた。石山は父に里中が名古屋で真面目に会社をやっていると話し、父がひどく喜んで何か彼にしてやれることはないかと言っていたのをよく憶えている。里中には彼が生れついて持っていた野球人の人なつこさがあり、現役時代の爽やかな活躍ぶりを忘れられない人たちにとっては何をしてもどこか許されてしまう奇妙なキャラクターを持っていた。しかしさすがにOBたちも里中の行状に匙《さじ》を投げた。それ以後、里中のことを話題にする者はいなくなった。

十数年音信の途絶えていた里中が再び石山たちの前にあらわれた。新聞記事だった。彼は或る宗教団体の役員をしていた。当時地震の被害にあった地方都市に彼はトラックで衣類を運んでいた。彼の現役時代の活躍を知る新聞記者がその美談を派手な記事にした。記事中で里中は、自分はこれまで野球関係者に大変な迷惑をかけ続けて来たので、今はその罪の償《つぐな》いのつもりで日々慈善活動に励んでいると語っていた。新聞には少年にグローブを手渡している里中の写真が大きく載っていた。彼はまた石山たちの世界に復帰した。二十数年迷惑をかけ続けた男があの独特の笑顔で皆の前にあらわれるようになった。ところがその宗教団体の実態は詐欺紛《まが》いの団体であった。里中は利用されていた。彼がそのことを知っていたかどうかは今となっては定かではないが、また大勢のOBや後輩たちが寄附金というかたちで金を欺し取られる結果となった。

石山は電車を降りるとプラットホームに立った。

右方に聳《そび》え立つ英彦山《ひこさん》が見えた。屋根は東に低く垂れ込めた雨雲に添うように連っていた。寒々しい山景であった。鳥の声にホームの端を見ると錆《さ》びた引込み線に数羽の鵯《ひよどり》が草叢《くさむら》で餌をついばんでいた。ふっくらとした灰色の羽毛が冬のはじまりを思わせた。

遠い昔、これと同じ風景を見たことがあるような気がした。電車が動き出す車輛の軋《きし》む音を聞いて、石山は歩き出した。

古い駅舎を出ると、彼は駅員に聞いたバス乗り場へ行きベンチに座った。ほどなくバスが来て乗り込んだ。客は石山を入れて三人だった。どちらも老婆であった。バスが駅前のちいさな商店街を過ぎると、すぐに周囲は田園風景に変わった。稲刈を終えた田圃《たんぼ》が黒褐色に光っていた。ここしばらく続いた雨が土を濡らしているのだろう。やがて前方に小高い山が重なる山脈への入口と思える谷間の風景がひろがった。バスはさして川幅のない河岸に沿って左へカーブした。ちいさな木の橋が見えた。今では街の中から失せた橋である。懐かしい気がした。

——時代にとり残されたような村だな。

石山はつぶやいて、この橋を里中も見たのだろうと思った。

最後に石山が里中に逢ったのは、三年前の冬のことだった。

里中は石山の自宅に突然訪ねてきた。玄関先に立っていた里中は頭髪もすっかりと白くなりよれたスーツを着て、石山の顔を見ると力なく笑いかけた。

「ご無沙汰しています」

里中の丁寧な口のきき方を耳にするのは初めてだった。

「どうしていたんだ。元気にしていたのか」

「はい、君にはずいぶんと迷惑をかけてしまって……。少し話していってもいいだろうか」

「何を水臭いことを言ってるんだ。どうぞ上がってくれ。もう隠居の身で二年前に家内も先立ってしまったから、今はのんびりした独り暮らしだ」

石山が言うと、里中は玄関から外を振りむいて、

「連れがあるんだが……」

と言った。

「ああ、どうぞご一緒に上がってくれ」

あらわれたのは十歳前後の男の子だった。

里中は彼が今青森の知人の農園を手伝っていて、近年流行している村おこしの直送販売のセールスに来ていると言った。春休みのついでに息子に生れ故郷を見せにやってきたことや、子供が六十歳を過ぎてからできた恥かきっ子で、人には自分の子供とは言えないから、孫だということにしているなどと話した。

「石山君なら昔からどんなことも話せたからね……」

と里中は懐かしそうに言った。

石山は旅館で金を盗まれたという里中に青森までの旅費とこころばかりの餞別《せんべつ》を渡した。家の外に出て見送る石山に里中は何度もふり返って頭を下げていた。それが里中を見た最後だった。

バスを降りて、停留所のそばに一軒だけぽつんとある雑貨屋で石山は里中の家の場所を訊ねた。

道を歩きはじめると、正面から山風が当たった。冷たい風だった。石山はコートの襟を合せた。ほどなく雑貨屋の言っていた大きな柿の木が見えた。誰も柿の実を取る者がいないのか黒ずんだ柿がわずかに残った葉とともに揺れていた。そう言えば先刻からこの土地には野良で働く人影も見なければ子供の姿も見なかった。

道が畦径《あぜみち》に変わると前方に二軒の農家が見えた。右の家は廃屋のようだった。左の家の軒に白いものが揺れているのが見えた。たぶんあの家だろう。その家から左方に五百メートルばかり行った麓《ふもと》に煙突だけが伸びた、これもう廃《すた》れたように見える工場のような建物があった。

庭先に鶏が一羽遊んでいた。

「ごめんください」

返答がなかった。石山は大声で言い直した。裏手の方で物音がした。もう一度呼びかけると、吹き抜けた裏手から人影があらわれた。

「里中さん、いらっしゃいますか」

人影はゆっくりと近づいてきた。

「どちらさんで」

薄闇から女の声がした。

「小倉からまいりました。石山です」

「小倉から来なさったと……」

老婆がゆっくりと陽の当たる場所に出てきた。

「はい、里中ですが」

「里中亭さんのおくやみにまいりました」

「亭の……、それは遠いところをわざわざ。ここは足元が見えませんから縁側の方から上がって下さいまし」

仏壇の中には幾つかの位牌があった。どれが里中の位牌かわからなかった。

「こっちですわ。位牌はまだ寺に取りにいっておりませんで」

見ると仏壇の開き扉に隠れるように白い布で包んだ箱が覗いていた。箱の前に少しよじれ曲った写真が一枚立てかけてある。その箱を老婆が中央に出した。石山は里中の骨の前で手を合せた。

背後で老婆が立ち上がる気配がした。

石山は焼香をすませると、里中の写真を手に取った。若い時の写真だった。スーツにネクタイをしている。四十歳前後の頃のものだろう。真面目そうにしている写真の中の里中の表情に、あの独特の人なつこい笑顔が重なった。

老婆が茶を運んできた。

「わたしゃ、亨の姉でございます」

「亨さんはいつお亡くなりになったのですか」

「半月前になりますか……」

「どちらでお亡くなりになりましたんで」

「この家です。一ヵ月程前に病院を出まして……、もう身体中が悪い病気に喰われておりましたから、本人も生れたとこが一番だと思ったんでしょうかね。あなたさまは石田の石山さんではございませんかの」

老婆は目を細めて石山の顔を眺めた。

「そうですが」

「やはりそうでしたか、亨からあなたさまの話を聞いたことが何度かありました。あの子はあなたにいつも助けてもらっていると話しておりました。甘えん坊な子で小倉の中学校へ行く日に、あの子は泣き出して小倉へ行くのが嫌だと言うのを、私は駅まで一緒に手を引いて送ってやりました。それが最初の夏にここへ戻ってきた時、あなたのことを嬉しそうに私に話してくれました。私はひと安心しました。あの子は気が弱かったので、いつか逃げて帰ってくるんじゃないかと思ってましたから……」

老婆は懐かしむように骨箱の前の写真を見ていた。

「やさしい子だったんです。父が死んで醬油屋がおしまいになってから、あの子はずっと私に送金をしてくれてました。書留が届くたびに住所は変わっておりましたが、大変だったろうと思います。迷惑はおかけしませんでしたでしょうか」

老婆が石山の顔を見直した。

「……、いいえ、真面目な男でした」

「そうですか」

「ええ」

石山はお茶を飲み干すと、礼を言って立ち上がった。

「何もおかまいできませんでの」

庭先で老婆が丁寧に頭を下げた。

石山は歩きはじめてふいに立ち止まると、

「里中君にはお子さんがいらっしゃいましたよね」

と老婆に聞いた。

「いいえ、あの子はずっとひとりでございました。私が嫁ぎ先から戻された時、亨は私を嫁にすると言い出しまして……。父に叱られましてね」

そう言った時、老婆の頬がかすかに赤くなった。

「そうですか、では失礼します」

畦径を歩き出すと冷たい山風がコートの裾をひるがえした。風の中に山の匂いがした。

石山は山風に背中を押されるように歩いた。柿の木が見えた。木の下まで来ると石山は立ち止まって柿の実を見上げた。黒ずんだ柿が晩秋の斜光に光っていた。そのむこうに青く澄んだ空がひろがっていた。一枚の柿の葉がゆっくりと回りながら足元に落ちてきた。土の上の枯れた葉はちぢこまって、どこかもの哀しい色をしていた。柿の葉に子供の手を引いた白髪の里中の姿が重なった。

石山はおぼろに浮かんだ里中の残影にうなずいた。残影が失せると、柿の葉は音を立てて小川の草叢に消えていった。

彼は山麓をふり返った。

濃灰色に染まった秋野がそこに静かにひろがっていた。

夏草

高野順三《たかのじゅんぞう》は、その朝、いつもより早く寝所を出て、洗面所へ行き顔を洗った。外はまだ夜が明け切っておらず、洗面所の小窓を開けると、薄紫に染まった庭から夜の冷気が流れ込んだ。八月の半ばなのにもう秋の気配が忍び寄っているのだと、順三は思った。

数年前から、彼は季節の訪れに目がむくようになった。三年前に亡くなった妻の妙子《たえこ》は、若い頃から季節を見つめ、それを口にすることが多い女だった。今の季節なら、

——あなた木槿《むくげ》の花が、明日の朝には咲きましてよ。

——今日の夕空を野球場からご覧になりましたか。あんな美しい夕陽に染まる鰯雲《いわしぐも》はそうそうあるものではございません。

そんなことを瞳をかがやかせて言うに違いなかった。順三は還暦を過ぎるまでは、

妙子の言葉を、いちいち花や雲にまでこうるさいものだと聞き流していたが、六十五歳を過ぎた一昨年《おととし》あたりから、ふとした時に、めぐる季節が自分に何かを語ろうとしているのではと思うことがあった。何を語ろうとしているのかはわからないが、沈黙しているゆえにめぐり来るものには、たしかな言葉があるような気がした。その上、路傍の花であれ、夕空の彩雲であれ、それらがひどく美しいことに気付いた時、順三は己が何か大切なものを長い間見逃していたような不安と、漠とした恐れを感じることがあった。

——この美眺がいつまで、俺の周囲にめぐってくるのだろうか……。

順三は台所から裏木戸を開けて、庭とは名ばかりの裏地へ出て、垣根の手前に蔓《つる》を伸ばして咲いている花の様子を見た。

朝顔である。あざやかな藤紫色の花びらが包みを解き放ったようにひろがり、赤児が順三を見つめるように面を、こちらにむけている。花びらと黄緑の葉おもてにうっすらと朝露がかかり、背後から差す陽の気配に銀色にかがやいている。

この花は、順三にとって幸運の花であった。順三がK金属の野球部の監督になり、社会人大会で初めて優勝した夏、決勝戦へ挑む日の朝に咲いていた花だった。

「おうっ、縁起がいいな。我部《うち》のチームカラーの花じゃないか」

朝顔の藤紫は、順三のチームカラーであった。

「それはよろしゅうございますね」

あの朝顔から、今朝、目の前で咲いている朝顔は二十六年目の花になる。毎秋、妙子が種を取って、それを春先に蒔いていた。種は娘の加代子の家の庭にも蒔かれ、二人の孫の目を楽しませている。花の種子にも人間の親子のようなものがあるなら、この花は、あの夏の花からは何代も先の孫のまた孫になる。

二十五年前の朝は、この花の風情などは目に止まらなかった。

順三は空を仰いだ。雲ひとつない。今日は晴天である。新チームの第一日目の練習がはじまる日だ。順三は大きく深呼吸をして、胸を張った。

彼は家の中に戻り、台所で加代子が用意してくれていたピザトーストと味噌汁を温めて朝食を済ませると、ユニフォームに着換えて家を出た。まだ陽は昇っていない。

社宅の中はしんとして物音がしなかった。静寂は朝が早いせいだけではなかった。鉄鋼業界の二十年近く続いている不況と、数年前からはじまったリストラの影響で工場に勤務する社員の数が減り、その上老朽化した社宅に若い社員は入居したがらなくなり、あちこちに空き家が目立つようになっていた。

順三が、この社宅に入居した四十年前なら、今頃は、夏休みで早起きした子供たちが路地で大声を出して遊んでいたし、納涼の盆踊り大会の稽古をする人たちの姿を見かけた。あの頃は夏の朝といっても、空気が膨んでいた。自分も若かったが、人も建物も、目に映る風景がかがやいていた気がする……。

順三は四十年、毎日通った道を歩きながら、ちいさく吐息をついた。黒い影が背後を行き過ぎた。燕であった。流線型の飛翔を見送ると、東の空は少しずつ明けはじめていた。

「何を昔のことを考えているんだ。今日は新チームの初練習だ。俺がこんなことじゃ、チームがしょぼくれてしまうぞ」

順三は自分に言い聞かせるようにつぶやいて、歩調を早めた。練習開始まではまだ三時間以上ある。夕刻には、渡辺孝雄《たかお》と逢う約束になっていた。東京の本社から、専務の渡辺がわざわざ休日の午後に逢おうと連絡をしてくるのには理由がある。話の内容は順三にも察しがつく。K金属の野球部を存続させるかどうかについての話だ。

順三のチームにも、去年、野球部が廃部になった他の社会人野球チームの選手が一人入っていた。雇用の条件は悪かったが、チームには必要な戦力であった。順三はその若い投手の中途採用を渡辺のところへ直談判に行き採用して貰った。その経過を見て、野球部廃部の噂が立ち消えた。

渡辺と順三は同じ歳で、この港町で生れ育った。子供の時から二人は野球のライバルであった。高校生の時は甲子園へは渡辺のいたY高が二回、順三のいたY商が一度行っていた。渡辺はプロ野球の誘いを断わり、大学へ進学した。順三は高校を出ると、すぐにK金属へ入った。

順三が最上級生になって迎えた最後の甲子園の予選は、準決勝戦で渡辺のいたY高に惜敗した。渡辺と順三の投手戦が延長まで続き、フィルダースチョイスでY商は敗れた。主将で投手の渡辺が率いるY高は甲子園でベストエイトで敗退したものの、大型投手として二年生の時から注目を浴びていた渡辺にはプロ野球のスカウトが押し寄せた。

昔からの港町で、大正期に入り工業地帯になって活気があったとはいえ、瀬戸内海沿いの地方都市にプロ野球のスカウトが一斉にやってきたのは、当時の街の話題を独占した。渡辺の獲得を目的で来たスカウトのうちの何人かが、ライバルであった順三の家を訪ねたのは、渡辺獲得の糸口が摑めない彼らの時間潰しであったろう。それでも、プロ野球のスカウトが菓子折を手に家へ挨拶に来て、父親に頭を下げている姿は、高校生の順三を有頂天にさせた。

――俺、本気で投げ合ったら、孝雄には負けないと思います。

順三は肘《ひじ》を痛めていたことを、父親の前でスカウトに話した。父の祐次はスカウトと息子の話を黙って聞いていた。K金属の工員として働いていた祐次は、自分が高卒であるために出世の限界を思い知らされていたから、息子に是非大学へ進んで欲しいと思っていた。そのために少ない給与から順三の進学資金を貯えていたから、スカウトの甘言にも首を縦に振ることはなかった。

渡辺はスカウトの攻勢にもかかわらず、プロ野球に進まなかった。まだドラフト制度がない時で、噂では家数軒分の契約金を準備したチームもあったらしいが、地方の名家で厳格な家柄の渡辺家は息子の進学を選択した。渡辺獲得を断念した途端、順三の家に通っていたスカウトたちもぷっつりと連絡をしてこなくなった。

渡辺は東京のK大学へ進学を希望していた。学業成績もY高でトップクラスの渡辺にはK大学の入学は叶うものだった。順三はK大学とライバルのW大学への進学を希望した。順三の学業成績はけっしてよいものではなかったが、それでも街にはW大学の出身者が何人もいて、彼等は順三の進学を手助けすると祐次に申し出た。W大学には夜学の二部があり、そこに入学して行くは一部へ編入すればいいと説明した。父の祐次は、それに反対し、浪人をしてもいいから一部を目指せと言った。順三は野球がしたかった。入学する学部が夜間部であろうが彼には関係なかった。W大学の野球部に入部して、渡辺と対戦したかった。順三は父をなんとか口説こうとした。家の中は父と息子の対立に陰気な空気が満ちた。

そんな時にあらわれたのが、諸田哲郎《もろたてつろう》であった。諸田はかつて街のスターであった。甲子園での優勝投手であり、K金属野球部の主将かつ主軸打者で、何度となく社会人野球大会で優勝経験があった。祐次も諸田の雄姿を、東京の野球場まで応援に行き見知っていた。社会人野球がプロ野球より盛んな華やかな時代だった。諸田は、その時すでに現役を引退し、K金属の野球部の監督をしていた。

プロ野球のスカウトの来訪より、父と母は興奮した。特に諸田の大ファンだった母親は顔を赤らめて、諸田を迎えた。諸田の用件は、順三をK金属の野球部に欲しいということだった。だが祐次は諸田の申し出を受け入れなかった。その祐次が、息子の意志に委ねると言い出したのは年の暮れのことだった。すでにK金属で管理職の立場にあった諸田が祐次に、順三の入社に関してどのような条件を出したかはわからなかったが、大卒者の採用を上回る提示があったのかもしれなかった。

暮れも押し迫った夕刻、諸田が順三を訪ねてきた。順三を連れ出した諸田は駅前にあるレストランに行き、

「ここの主人は東京の一流レストランで修業して、故郷に戻ってきた男や。若い時分

には俺と野球をしとったこともある。名ショートやった。野球をしとる時から、ここ、がよかった。相手が何をしてくるかがすぐに読めよった。野球は半分は、ここ、でせなあかん」

大阪出身の諸田は手にしたフォークで頭を指し示しながら言った。

「ちゃんとした野球ができる奴は、社会に出てからもちゃんとした仕事ができる。この主人は、そのいい例や。今、君に、こう言うてもわからんやろうが、どんな名選手もいずれ野球はできなくなる。それがスポーツというもんや。しかも野球ができんようになってからの人生の方が、現役の時よりはるかに長いんや。その時、その選手がどんな野球をしてきたかがわかる。つまり、人間としての真価が問われるちゅうこっちゃ」

順三には諸田の話す言葉の意味がよくわからなかった。順三が眉間に皺を寄せていると、

「まあ、わからんでええ。どや、そのステーキ美味《うま》いやろう。その味が一流の味や、よう覚えとくとええ」

と諸田は言って、分厚いステーキを食べる順三を見て頷いていた。店の主人が調理服姿で諸田のテーブルに来た。主人は順三を見て、

「高野君、夏の予選は惜しかったね。でもいいゲームだった。ひさしぶりにいい夏でした。ありがとう」

と丁寧に頭を下げた。順三には、敗れた試合になぜ礼を言われるのかわからなかった。

レストランを出て、繁華街にある一軒のバーに連れていかれた。学生服の順三を見て店の女性が諸田の顔を窺い見た。

「まあビールくらいはええやろ」

生まれて初めて行った酒場は順三にはまぶしく映った。〝LOU《ルー》〟という名前の響きも、店の雰囲気も大人の世界に足を踏み入れた気がして嬉しかった。美しい女性がカウンターの中にいた。大人になったら自分も、こんな店で酒が飲みたいと思った。

バーを出て、諸田はタクシーを拾い、運転手に街の背後に聳える山の中腹にある公園へ行くように告げた。順三は、そんなところにこんな時間に行って何をするのかと思った。諸田はタクシーを待たせ、順三を連れて街を見下ろせる公園の突端へ出た。

「ほれっ、これがわしらの街や。あっちが××岬、こっちが△△市や。海のむこうに光っとるのが四国の工業地帯や。この街の灯りの中で一番でっかいのが、あの工場や。日本が誇るK金属の工場や。今もフル稼動しとる」

順三は眼下にひろがる街の灯りを見つめた。K金属の工場は、ひときわ強い光を放ち、煙突から白煙を上げているのが、夜目にも見て取れた。あの中で、父の祐次が働いている。順三はK金属の工場が、こんなに美しく巨大なものとは思わなかった。

「あの灯りは機械の灯りとは違うんや。あの中で働く一人一人の人間のエネルギーが、工場をあんなにかがやかせてんのや。あそこで働く千人近い人間の胸の炎がきらめいとる。あの灯りは、その人たちの誇りや。ここの工場だけやない。北海道にも、千葉にも、東海地区にも工場はある。けど、その中で一番かがやいとるのが、この工場の灯りや。ここが中心やからな。あの灯りの中に、ほれっ、黒いスペースが見えるやろ、あそこに野球場があるんや。K金属の野球部は、あの人たちの誇りに見守られて戦こうとる。それが選手の誇りでもあるんや。高野君、W大学へ行くのもええやろう。けどW大学はおそらく来年だけで百人近い新人が入部する。二軍の球場まである大所帯や。そんなところで野球を教えて貰うまで何年かかると思う？　実力がある選手が何人も消えていくのが今の大学の野球部や。下手をすれば野球とは関係のないシゴキが辛くて、退めていく選手もおる。プロ野球へ行きたいのなら、大学の野球部よりも社会人野球のチームの方がええ。今いるK金属《うち》の選手にも数年もすればプロに入れる者が数人おるし、彼等が希望すればそうなるやろ。しかしな、プロ野球で活躍するだけが野球選手の目標とは違うで。さっきも言ったように、いずれ君もグラウンドを去る日が来る。今はわからんやろうが、その時に君がどんな野球をしてきたかが問われる。プロ野球へ行きたいのなら一年目から存分に野球ができる俺のチームへ来ないか。あの灯りの数だけの応援が、君を待ってるで……」

諸田はそう言って、タクシーの待つ方へ歩き出した。

若かった順三には、諸田の話した言葉の意味の半分も理解できなかった。しかしW大学のセレクションを受けに東京へ行ってみて、順三は、部員の数の多さに驚き、ここではすぐに野球ができないと思った。

順三は最初の数年は諸田にいいように手懐《てなず》けられたような気がしないでもなかった。しかし、今になってみると、諸田の言った言葉には、それなりの重みがあったと思えるようになった。

もとは陸上のトラックで今は資材置場になっているグラウンドを左に折れると、野球場が見えてきた。

陸上部は五年前に廃部になっていた。かつてはマラソンでオリンピックのメダリストまで出した名門の部が、呆気なく廃部になった。新聞が騒いだのはいっときだけで、あとは当たり前のようにトラックがグラウンドに入り資材を置きはじめた。陸上部の年間の経費が会社にとって、それほどの負担とは順三には思えなかった。会社にとって部の存続が大変な負担になると上層部は口にするが、たかだか陸上部すら存続させることができない状態なら、とうの昔に会社は潰れているのではないかと順三は思う。

順三は一度、会社の経理担当重役に呼ばれ、野球部の経費について説明を求められた。相手は銀行から出向してきた重役で、冬の納会の宴会費にまで口をはさんだ。

「一回戦で敗れた年ですから、その年の納会は少し控え目にすべきだったのではないでしょうか?」

「重役、機械にだって油をさすでしょう。ましてや選手は機械ではない生身の人間です。好調な時には何かをしてやる必要などないのです。不調な時、駄目な時にこそ手をさしのべてやる必要があるんです。劣勢を逆転するのは個人の能力ではありません。そういう時にはじめてチーム力が活きるんです。重役、あなたは逆境に立った時、どうして乗り越えました?」

順三が逆に重役に尋ねると、

「私は逆境などに立っていません。逆境になる前に処置をすべきです。その原因とマイナスの要素を分析し、悪い所を削り取るべきです」

相手は平然と言った。

「重役、私が申し上げてるのは仕事だけのことではありません。仕事を含めた人生すべてのことで、逆境に立った時の話をしてるんです」

「だから、私は逆境に立ったことはありません」

順三は、その重役に、

——それは本当の人生ではない。おまえが歩んできた時間は愚かな時間でしかない。

と言ってやりたかったが、それを言っても理解できまいと思った。

順三はユニフォームのズボンのポケットから鍵を出して、グラウンドの入口の扉を開けた。中に入ると、順三はホームベースの上に立って、ダイヤモンドを見回した。

誰もいないグラウンドが好きだった。それを教えてくれたのは諸田だった。

諸田は順三が入部した年、若手選手を五人採用し、ベテラン選手のほとんどを同じK金属の北海道のチームに移籍させた。入部して三年目の秋、諸田はチームでもまだ若手に入る順三を、突然、主将に任命した。

うなんて……」
「監督、俺にはとてもそんな大役はできません。第一、先輩に対して、俺が何かを言

主将の指名を断わりに諸田の自宅へ行った順三を、諸田は夜のグラウンドに連れ出
し、二人でホームベースの上に立ち、

「高野、俺は時々、どうして自分が野球をやっているのかわからんようになることが
あるんや。蔭で俺のことを、あいつは野球しか知らへん、野球馬鹿やと言うとるのも
わかってる。俺はガキの時から野球だけをやってきた。俺の人生は野球しかなかっ
た。その俺が、野球をやめとうなることが何回もあったんや」

と独り言のように言った。

順三は社会人野球のスターの道を歩んできた諸田が、そんなことを考えたことがあ
ると聞いて驚いた。

「そんな時に、俺は夜一人でグラウンドに出て、ここに立って目を閉じたんや。風が
ないように思える夜でも、ここに立ってじっとしとると、かすかに吹いてくる風があ
る。その風に当たりながら、俺は訊くんや。俺は何のために野球をしとるんやって
……。初めのうちは何も答は出んかったわ。けど少しずつわかってきたことがある」

「それは何ですか？　監督」

順三は工場の灯りに浮かぶ諸田の顔を見た。諸田は目を閉じたまま夜空を仰いでいた。

「それはな、少なくとも、俺は、俺だけのために野球はしてないということや。こういうと、選手のため、K金属《うち》のチームのためみたいに聞こえるやろうが、それとは違うんや。俺は、野球があったから、あの白いボールに触れてしもうたから、ガキの時に淀川の堤防の草っぱらへ行ったんや。そりゃもう一目散に野球にむかって走っとった。そんなガキが、俺の周りにはごまんとおった。何も他に遊びがなかったから野球に夢中になったんと違うんや。野球がそこにあったから、俺は走ったんや。今日まで阿呆や、馬鹿や言われても、ずっと走っとんのや。野球というゲームには何かがあんのや。あのボールの革を破いて、糸を解《ほど》いたら出てきよる芯のようなものが、野球にはあると、俺は思う。その、野球の芯みたいなものは生きているものやないかと思う。それに一度触れた者は野球と離れることができん。俺もおまえもそうや。その芯のようなもんだけを信じて、おまえは主将をやっていけばええ。歳の差なんぞ関係ない。工場の溶鉱炉の、あの炎のようなもんや。その芯の炎みたいなもんをおまえが選手たちに見せてやれば、それで充分や。野球は、それを握りしめてグラウンドの中で走ることと違うか……」

諸田の言葉が夜風の中に響いていた。

三年目の夏の大会で順三が率いる若いチームはベスト4まで進んだ。

――あれからもう四十年以上が過ぎた……。俺は、監督が言うような野球をやってきたのだろうか……。

順三はホームベースの上で呟いて、目を開けた。すでに陽は昇り、海の方角からは積乱雲が上昇しようとしていた。

順三はバケツとトンボを手に内野のグラウンドの整備をはじめた。ほんの十日間、人の手が入らなかっただけでグラウンドは痩せてしまう。以前はこんなに練習を休むことはなかった。選手たちも自主練習をするようになったし、過度のトレーニングが技術向上に繋がらないことは順三も理解し、短時間の練習で効率良く能力を上げていく野球に変えていた。

少しずつ陽が高くなり、グラウンドの中の温度が上がっていく。小一時間かかって内野の整備を終えると、順三はバケツを手に外野の芝生へ入って行った。左翼のフェンスにむかってゆっくりと順三は歩いた。

芝生独特の草の匂いが鼻を突いた。

――いい匂いだ。

順三は息を大きく吸い込みながら、初めて外野のポジションにコンバートされた日のことを思い出した。順三は最初、この草の匂いが嫌でしかたなかった。マウンド以外のポジションでプレーしたことは、少年時代から一度もなかった。

諸田は順三が入部した三月に、グラウンドに来た順三を呼んで、言った。

「高野、おまえにはこのチームで投手と野手の両方のポジションの練習をして貰うからな……」

諸田は毎日、順三に外野のフェンス沿いを走らせ、外野守備のノック練習を徹底的にさせた。打撃練習は元々好きだったから苦にならなかったが、いつまで経ってもマウンドに上がらせて貰えないことに、順三は外野の芝生を走りながら不満を募らせた。

――約束が違うじゃないか。

そんな思いで嗅いだ芝生の匂いだったから、この匂いが嫌いになった。

順三がマウンドに上がったのはシーズンに入ってから二ヵ月後だった。

諸田はレギュラーバッティングのマウンドに立った順三に、

「おい。得意のシュートを投げてみろ」

と怒鳴った。主力打者のほとんどが順三の内角に食い込むシュートに打球を詰まらせ、バットを折った。順三は得意になった。社会人野球のトップレベルの打者たちが順三の投げる球にてこずっていた。肘の痛みもなかった。順三は落差のあるカーブも持っていた。ストレートは飛び抜けた速さはなかったが、シュートとカーブは打者を打ち取るには充分の力があった。

それでも諸田は試合では順三を打者として、ピンチヒッターにだけ起用した。練習の時はフリーバッティングとレギュラーバッティングに順三はマウンドに立った。少しずつ打者たちは順三のボールに慣れて、ボールをスタンドに打ち込むようになった。

そんな時に順三の肘痛が再発した。今までに経験したことがない激痛だった。順三は諸田に呼ばれた。

「おまえの投げ方では、その肘は使いものにならなくなる。下手をすればキャッチボールさえできなくなるやろう。今日から投手のことは捨てろ。俺は、最初からおまえのバッティングセンスを見込んでるんや。今から鍛えたらプロ級の打者になれる。それにおまえの足の速さや。あとは外野の守備を覚えたら、おまえは名選手になれる。俺がしてみせるわ」

順三は投手の夢は捨てられなかった。当時はまだ今のように野球による肘の疾患を手術する医療技術はなかった。順三はあきらめきれなかった。野球の中心は投手というのが順三の考えだった。順三にとってのグラウンドはマウンドだけが舞台だった。

順三は酒を飲むようになった。その年の暮れ、彼は酒を飲みに出た繁華街でチンピラと喧嘩をし、警察の厄介になった。事件は表沙汰にならなかったが、諸田から一ヵ月の謹慎処分を受けた。唯一酒を飲みにいってもよいと許可されたのが、初めて諸田に連れられて行ったバー〝LOU〟だった。

ママの松尾淑江《としえ》は、諸田から聞いてか、順三のことをよく知っていた。若い順三の愚痴を、笑って聞いてくれた。他に遊びにいけない順三のために、その年の大晦日《おおみそか》の夜も、店を開けてくれた。

「新しい年はあなたにとってきっといい年になるわ。諸田さんが言っていたもの、あなたは十年に一人出るか出ないかの逸材だって。そんなことは今までこの店に来て口にしたことがない人だから、きっと頑張れば高野さんは名選手になるわ」

夜の十二時を回ると、淑江はそう言って順三のグラスに彼女のグラスを合わせた。

お世辞でも嬉しかった。謹慎が解けてからも順三は〝LOU〟に通うようになった。順三は野手に変わったものの、肘が時折痛み、自分の肘痛は選手として致命傷ではないかと悩むようになった。その肘痛のことを淑江に零《こぼ》した時、淑江はカウンター

の上に手を載せて、

「ほらっ、私の左手の中指、こんなに短いでしょう。これは生まれつきなの。その私がピアノで身を立てようと音楽学校まで行ったのよ。プロにはなれなかったけど、同級生の中では一番だったわ。一番になれたのは、この中指のお蔭なの。私の母が言ってたの、人間はね、誰でもどこかに欠陥があるものなんだって。それをマイナスにするかプラスにするかが肝心なんだって……」

と笑って言った。

「でも野球選手の肘痛はな……」

順三が言い返すと、淑江は失望したような顔をして言った。

「野球もピアノも夢を追う人には同じじゃない」

それっきり淑江は黙りこくった。

順三は気まずくなり、勘定、と言って立ち上がり、頭を深々と下げて非礼を詫びた。淑江はじっと順三の顔を見つめた。

「誰にも話さないと約束したら、或る人の秘密を教えてあげる」

順三が「約束する」と言うと、淑江は順三の目を見返し、諸田の話をはじめた。

「諸田さんの左眼は子供の時からひどい弱視だったの。あの人が人と話す時に必ず左側に座るのは、それをカバーするためなのよ。野球のことを考えてご覧なさい。あのスター選手がほとんど右眼だけで、プレーをしてたっていうのよ。あなたが名選手になれないはずがないわ。誰にだって人に言えない欠陥があるのよ。でも大人はそんなものは平気な顔をして、ちゃんと仕事をして生きているのよ」

順三は淑江の話を聞いて驚いた。

どうして淑江が、そんなことまで知っていたのかは、諸田が監督を退めた年、淑江と所帯を持ったことでわかった。店の〝ＬＯＵ〟という名前を付けたのが、諸田であったことも後年になってわかった。あのルー・ゲーリッグの名前から取っていた。彼もまた難病を克服してプレーをしていた選手だった。順三はグラウンドで時折、諸田の左眼に目をむけることがあった。諸田はそんな身体の欠陥を噯気《おくび》にも出さずノックバットでボールを打っていた。順三は少しずつ大人の男たちの野球がわかるようになった。

順三は外野の芝生に生えた雑草を取り終えると、右翼フェンスのポール脇の扉を開けて、外に出た。夏草が生い茂っていた。右翼フェンスのむこうは広い空地になっており、よく打球が飛んで行った。そこは当初、サブグラウンドにするための用地だった。外野手に変わった順三はボールを捜して草叢《くさむら》を歩き回ったことが何度もあった。

草叢に転がり込んだボールは見つかりにくかった。それが晩秋を過ぎ、草が枯れた後に入ると、雨露に晒されて革が乾涸《ひから》びたボールがいくつも姿をあらわした。諸田はボールが無残なかたちになるのをひどく嫌った。

「ボールには俺たちのすべてが込められてるんや。素直に投げ、打ったボールは真っ直ぐな結果を出してくれる。そのボールに申し訳ないと思わんのか」

いつしか右翼の草叢でボールを捜すのが、順三の大事な仕事になった。

監督になってから新チームの初練習の日にグラウンドを一人で整備し、選手たちを待つのは順三の二十五年間の楽しみのひとつだった。しかし今朝は、渡辺との面談もあって、昔のことばかりを思い出し、手が止まることが多かった。十日の間に伸び放題になった草は順三の手に負えなかった。

順三は時計を見た。もうすぐ九時になる。選手たちの何人かはもう部室へ行き、ユニフォームに着換えている時刻だ。九時半になれば練習がはじまる。順三は球場の中に戻り、ゆっくりとベンチにむかって歩き出した。三塁側のベンチのむこうから白い影がグラウンドに入るのが見えた。

チーム全体の練習は午前中で終え、順三は昼食を摂った後、若手の強化練習を見ると、三時過ぎにマネージャーの小菅郁也と二人で、工場敷地内の一画にある記念館舎の応接室へむかった。

工場の中を歩きながら、順三は渡辺がK金属の野球部に入ってきた日のことを思い出していた。

順三が主将になった翌年の春、K大学の主戦投手として活躍した渡辺がプロの誘いを断わって鳴り物入りでK金属の野球部に入部してきた。春季キャンプにはマスコミの取材まで来て、華やかな春になった。

マウンドを降りていた順三には、すでに渡辺に対するライバル心は消えていた。チームの戦力となる渡辺の調整に順三は気を遣った。渡辺も主将の順三の気持ちを汲んでくれて、チームに溶け込んでくれた。その年から二年連続してK金属は日本一の栄冠に輝いた。三年目の夏の予選の前に渡辺は本社からの辞令で、社長秘書室に転勤になった。突然の辞令に順三は驚いた。

それでも順三はチームメイトとして渡辺と初めて過ごした二年半がいい思い出となった。渡辺はほどなく海外支店勤務となり、帰国後は本社勤務で出世街道を歩んでいった。

「監督、ユニフォームのままで大丈夫ですかね？」

心配性の小菅が順三を見て言った。

「これが俺の仕事着だ。専務も、そのくらいのことはわかっている」

「は、はい。そうですね。監督と渡辺専務は……」

小菅の言葉を止めるように、

「小菅君、悪いが話が一段落したら、一度、君は席を外してくれるか」

と順三は言った。

応接室のある二階へむかおうとすると、休日であるのに総務部の部長と部員が出社していた。本社の、それも経営の中枢にいる専務の来訪となれば、仕方あるまいと順三は思った。本来なら、こちらが本社に呼びつけられる立場である。総務部長が順三に会釈して、すでに渡辺が応接室にいることを報せた。

「専務は何時にみえたんですか？」

順三が訊くと、

「はい。それがひどく早い時間で、朝、守衛の報告を受けまして、私もあわてて家を出た次第でして……」

部長は顔の汗を拭いながら答えた。

「そうですか……」

順三は階段を昇った。小菅がノックをして扉を開けると、渡辺は上着を脱いで、窓辺に立って外を見ていた。

「よう、練習の邪魔をしたか？」

渡辺はゴルフ焼けした顔から白い歯を見せて順三に笑いかけた。

「いや、今日は新チームの初練習なんで午前中で終った。今は若手が自主練習をしているだけだ」

「そうか、今年は本大会へ出てくれなかったので淋しかったよ。掛けてくれ」

渡辺の話の内容は簡潔だった。

八月の本社の重役会で野球部の存続問題が議題に上り、ほぼ廃部の線で今後の検討がはじまったという。渡辺は言い訳がましいことは一切口にしないで、そのことを順三に告げた。

「ただ来年の三月まで、社長と重役たちに猶予を貰った」

「それは何か意味でもあるのか。それとも現役選手の移籍を含めた、身の振り方を考える時間を取ってくれたということか？」

順三は渡辺の顔を正面から見て訊いた。

「意味がなくもない。しかし、それもたしかなことではない」

渡辺は表情を変えないで言った。

「そうか、夏の甲子園が終わったら、取りたい投手が一人いる。その交渉を去年の秋からしている。何か可能性があるなら、はっきりと言ってくれ」

「それは言えない。交渉をするにしても廃部の可能性のあることは相手に告げてくれ。会社の評判に関わるし、社会問題にもなりかねん」

「わかった。そうしよう」

順三は答えて、小菅を見た。小菅は青ざめた顔をして、二人を見ていた。小菅は順三の顔を見返し、あわてて立ち上がって部屋を出ていった。

「新工場の屋上から練習を見させて貰った。昔のことをいろいろ思い出して、懐かしかったよ。ここまで、おまえはよくやってくれたが……」

と言いながら渡辺は立ち上がって、また窓辺に近寄った。

「いや、俺は何もできなかった……」

順三がぽつりと言うと、渡辺は振り返り、

「そんなことはない。おまえが監督をした二十五年間の野球部の成績は他の社会人野球のチームとは比較にならん。五年前、部の予算を削減した時も黙って受け入れてくれた。俺は正直助かった」

「それが存続の条件だったからだ。どこのチームも同じ目に遭っている。浮き沈みがあるのが世間だろう」

「浮き沈みか……。K金属は浮き上がれる日が来るのかな」

渡辺は力ない声で言った。順三は渡辺の横顔を見て、

「おまえが弱気でどうする。それじゃプレーボールの前に負けたと言ってるのと同じだ」

順三の言葉に、渡辺は笑って、

「そうだな。言うとおりだ。嫌な話を黙って聞いてくれてありがとう。正直、話し辛かった」

と言って頭を下げた。順三は立ち上がり、

「今日の話は、俺は承諾できん。俺がこのユニフォームを着ているうちと、おまえが重役をしている間は、野球部を廃部させることはできない。ここまで続いてきたことを、どうして俺とおまえで断ち切れるんだ。俺たちはそんなに偉いのか？　何とかしろ」

と言って応接室を出ていこうとし、渡辺の方を振りむいて、

「今日は、この後、時間があるのか?」

と訊いた。渡辺は首を横に振った。順三は眉間に皺を寄せて、不愉快そうな表情をして応接室を出た。


夜の八時になって、順三は街へ出た。

この時刻になれば、〝LOU〟は店を開ける。普段は夜六時になれば開店するのだが、今夜だけは八時を過ぎる。しかしこの日は日曜日であっても店を開けている。順三はタクシーを駅前で降りると、今はもうさびれて人通りの少なくなった飲み屋街の一画へむかって歩いた。順三は麻のスーツを着ていた。このスーツは、昔、大阪遠征に行った時、諸田が順三に買ってくれたものだった。諸田は御堂筋《みどうすじ》にある高級紳士服の店に順三を連れて行き、麻のスーツを仕立ててくれた。

「監督、俺にはこんな派手なスーツは着られませんよ」

まるで映画スターが着るようなスーツだった。

「何を言うてんのや。K金属の野球部のキャプテンいうたら、社会人野球で日本一のチームのキャプテンやで。そこらへんのプロの選手よりは花形やないか。ぴしっと決めて街へ繰り出さんかい」

　このスーツを着る度に、諸田の顔が浮かぶ。諸田は社会人野球に対して誰より誇りを持っていた。

「ほんのちょっと前までは、社会人野球の方がプロ野球より観客が多かったんやで。その上、俺たちの野球の方が品格があったんや」

　諸田の口癖だった。その諸田が亡くなってから十八年になる。諸田の七回忌が終って、翌年の同じ日に淑江が病院で亡くなった。命日の日に、しかも七回忌を済ませて死んだ淑江のことを、

　——監督が呼んだんだぜ、あれは。

　と半ば羨ましそうに皆が話していた。バーのママと客でいた間は、惚れ合っているのではと噂はあったが、二人は距離がある関係に見えた。しかし入籍してからの二人はどこへ出かけるのも一緒で、若いカップルのように仲睦まじかった。

　今夜は、その二人の命日である。この夜、麻のスーツを着て出かけるのが順三の習わしになっていた。

　扉を開けると、カウンターの奥から圭子ママが順三の顔を見て笑った。

　彼女は淑江のひとり娘であった。圭子はお盆休みに諸田の墓のある大阪へ子供を連

れて墓参へ行く。そうして命日の夜だけ、一人で店を開けるために帰ってくる。

「今晩は、監督さん」

顔かたちは母の淑江に似ているが、目元は諸田の、あのやさしい目、そのままだった。

「夕方はわざわざすいませんでした。夫がよろしくと申していました。それと昼間、もう一人お客さんがあって……」

圭子が言いかけると、扉が開いて男が一人店の中を覗いた。

「やってますか？」

男の声に、

「ああ、今夜だけやっとるで……」

と順三が応じ、笑って男を見た。

渡辺孝雄だった。渡辺はスーツを着て、花束を持っていた。

「そうや、こいつが昼間、お宅に線香を上げにいった渡辺孝雄や。K金属の専務さんだ」

圭子が急にブラウスの襟元を直し姿勢を正した。

「そんなせんかてええ。こいつも俺と同様に圭子さんのお父さんに世話になった口や」

「どうも、渡辺です。本社の仕事が忙しくて、父上の仏前に挨拶もできないままになっていました」

「とんでもない。父ばかりか、母の葬儀の折もご丁寧な頂き物をありがとうございました」

「堅苦しい挨拶はええ。渡辺、今夜は泊まっていくのか？」

「ああ、駅前のホテルを予約した。明日の午前中までに社に戻ればいい。今夜、この店を開けると監督の息子さんに聞いたから、せめて一晩だけでも昔の気分に戻ろうと思ってな……」

「そうか……。俺は安心したよ。夕刻、監督と奥さんの仏前にお前の名刺が置いてあったのを見てな。よく覚えていてくれたと思って……」

「忘れたことはないさ。恩人だからな」

三人は、この夜だけカウンターの背後の棚に置いてある監督と淑江の写真に献盃し、酒を飲みはじめた。

諸田の思い出話をしながら夜が更けていった。渡辺が時計を見た。順三が立ち上がった。

「ホテルまで送ろう」

二人は圭子に礼を言い〝ＬＯＵ〟を出た。

空に星座がきらめいていた。

「さすがに星の数が多いな。そう言えば、今朝、おまえはライトのフェンスの外に立ってじっとしてたな。何をしてたんだ？」

「ああ、あれか。俺は毎年、夏になると、あの空地の夏草を取るのが仕事だった」

「そうだったな、思い出したよ。練習が終ってからもやってたな。皆が主将は草刈りの爺さんのようだって言ってたな……」

「あの草取りは、監督がフェンスをオーバーしたボールが見つからなくなって、それが秋の終りに乾涸びて見つかるとひどく怒り出したからだ」

順三の言葉に渡辺が二度、三度とうなずいた。

「監督はボールが粗末に扱われるのが許せなかったんだな。俺に監督を譲った後、夏になると、早朝一人であの空地の草を取っていたんだ。それだけじゃない。フェンスの外に転がって失せたボールを捜しては届けていたそうだ。監督が亡くなってからの一年間、淑江さんが監督の代りに草を取ってくれていた。あの野球場と、俺たちの野球部は、そういった目に見えない多くの人たちに応援されながら続いていたんだ。俺は四十年余り野球をやり続けて、監督にして貰ったことの半分も恩返しができていない……。渡辺、俺たちはこの会社で何ができたんだろうか？」

　順三が立ち止まると渡辺も足を止めた。

「おまえは少なくとも、会社の人たちに誇りを持たせてくれたよ。その誇りが、今、会社にとって一番大切なことなんじゃないかと、俺は思う」

「いや、俺たちは、あの溶鉱炉の炎を見て働いている仲間の誇りのために戦ってきたんだ。俺が会社に入る時、監督はそう教えてくれた……」

「そうか、諸田さんはそんなことを言っていたのか……。そうかもしれないな。溶鉱炉の炎はたしかに俺たちの誇りだった。あの炎がまだ俺たちの身体のどこかで燃えているはずだな……。高野、俺はもう一度やってみるよ」

　渡辺が順三の目を見てうなずいた。

　順三は渡辺をホテルに送ってから、タクシーを拾い社宅にむかった。車窓から工場の灯りが見えた。操業は短縮されたものの溶鉱炉は今夜も燃え続けている。

「そこで停めてくれ」

「えっ、第一社宅はもう少し奥ですよ」

「いいんだ……」

順三はタクシーを降りると、野球場にむかって歩いた。右のフェンスの奥の空地を囲う金網を開けて、中へ入った。草の匂いがした。夜の草の匂いはやわらかだった。海からの風が草を揺らしていた。順三は空地の真ん中で足を止めて夜空を見上げた。星座が頭上を巡っていた。

——もう秋の星座なのだろうか？

順三は妙子に、それを尋ねたい気がした。夏草に囲まれていると、初めて野球をした少年時代が、つい昨日のことのように思えた。

「野球があったから……」

順三はつぶやいて、ちいさく吐息をつき、家にむかって歩き出した。その足先に、コツンと固いものが触れた。

魔術師・ガラ

サンディエゴのダウンタウンを八〇五号線で南にむかって二十分も車で走るとスィートウォーター河に出る。その手前のインターチェンジで降りて少し西へ進むと、それまでの閑静な住宅地が失せて、低いマッチ箱のような家々が並ぶ一帯に入る。

やがてバーが数軒集まったモールがあり、右隅に切れかかったネオン管が点滅する〝エル・ドラド〟という名前のバーがある。他の店の前には流行のRV車やワゴン車、チョッパーの二輪車が賑やかに駐車しているが、〝エル・ドラド〟の前には錆《さ》びた鉄のかたまりとしか見えない塗装の剝げたトラックや、まだ走っていたのかというF社やG社の70年、80年型の車がとまっている。その中に一台だけ日本製のT社の99年型のワゴンがあった。五年前のタイプだが充分にリッチな車だった。

店のドアを開けると80年代に流行したヒスパニック系の歌手の曲が少しノイズ混じりに聴こえてくる。そこまではメキシコ国境のどこにでもある安いバーと変わりないが、店の中を見回すと、ここにいる客に一人として二十代、三十代、いや四十代の者がいないことに気付く。その上、客は皆酔いどれている。暴れたり大声を出したりする客はいない。でもそれは彼等にそうする体力が失せているだけで、ほとんどの客はしこたま呑んで酔っているのだ。

老人専用の病院にバーがあったらこんな感じだろうって? 数年前にそれと同じ科白《せりふ》をメキシコ国境に抗癌剤を買い入れに行く途中の男が、店に入るなり口にした。南部訛りのある大柄な男で、見ず知らずの酒場で思ったことをすぐ口にしても生きてこられた体力と度胸が備わっていたことを充分に感じさせる風貌だった。酒も強かった。テンガロンハットを指で少しあみだに押し上げ、ウォッカをストレートで喉の奥に撒くように流し込み、一杯呑むたびに老人たちのしけた顔をからかい、ご丁寧に客一人一人を指さして、死んだらどこに行くのか、仔牛とやった夢は見たことがあるか、というカウボーイジョークを言っては腹をかかえて笑っていた。しかし客の半分は英語がわからず、ましてやネバダがどこにあるかを知らない者もいたから、男が何を面白がっているのか理解できていなかった。その男は失敗をしでかしていた。相手を指さした後でほんの一杯の安酒でいいから彼等におごっていてやればよかったのだ。

〝エル・ドラド〟の客たちは歳は少し取っていたが誰一人くたばってなぞいなかったし、夢を捨てている者もいなかった。かつて国境を一日で三往復した体力はさすがにないが、まだ警備隊の目を逃れて丘や谷を越える片道の体力は残していたし、仔牛とやらなくても女があらわれれば押し倒してことを済ませる一回きりの精力もあった。

おまえ等はしあわせだぜ。昔の夢だけを昼夜見て過ごせばいいんだからよ、男がそう言ってカウンターにボトル二本分の金を置き、入口にむかってふらつく足取りで歩きはじめた時、酔いのせいか彼はテーブルの脚につまずいて転んでしまった。おっ、若いの大丈夫か、少し酔いなすったようだな、そう声がかかるのが田舎のルートロード沿いにある酒場というものだが、メキシコ国境は違っていた。男は頭を打ったらしく二度、三度頭を振り、床に落ちたハットを拾って立ち上がった。そうして数歩進むと、今度はその先の柱の根元に足を引っかけもんどり打って倒れた。

実はテーブルの脚も柱の根元も床に伸びてはいなかった。それは他人者《よそもの》の話を黙って聞いていた老人の誰かが男の足元に足先を伸ばしたからだった。男が倒れて動かないのを確認すると、老人たちはカウンターからテーブルから男に歩み寄り、代る代る男を蹴ったり踏んだりして、最後にジュークボックスの脇の小椅子でうたた寝していた小柄な老人が椅子を手に近づいて、男の顔面に思いっ切りその椅子を振り下ろした。やがて誰かの孫らしきメキシカンの若者が二人やってきて男の足を持ち、巨体を床に引きずりながら外に連れ出した。すぐにエンジン音が遠のくと、店は男があらわれる前と同じ姿に戻り、皆黙って酒を呑みはじめた。

翌朝、男は素っ裸でスィートウォーターの河岸の草叢《くさむら》で目覚め、堤を上がると自分の車がエンジンからタイヤまで見事に奪われて駐車しているのを目にした。

妙な話からはじめてしまった。店と店の客の説明でこんなに喋ってしまっては果てのない長編小説になってしまう。

今回の話は、自分が置かれた状況がわからずに丸裸になる男の話ではなく、それとは逆の、置かれた状況がわかりすぎているがために、この夏の間中眠れぬ夜を過ごしている男の話だ。

〝エル・ドラド〟のカウンターの左端のコーナーは上等の酒をやる客が陣取る。入口から遠いのは、昔、よく強盗が飛び込んでくることがあり、すぐに身を隠せる利点があった。レジも近くて、そばの棚には上等の酒が並んでいるし、葉巻の入った箱もあった。おまけにカウンターの床には護身用のショットガンがたてかけてある。

今夜、そのカウンターの左端に一人の老人が腰を下ろしていた。

どこか知らぬゴルフクラブの古いキャップを被って、濃紺のジャンパーを着ていた。

顔は見るからにヒスパニックである。ウィスキーの入ったグラスを持つ手の甲に浮かぶシミからすると六十歳は超えている。いや七十歳も過ぎているかも。ただ首から肩にかけては肉体労働者特有のそげ落ちることのない筋肉が盛り上がっていた。

この男が店の前のワゴン車の持ち主であり、今回の話の主人公なのである。


男は口にふくんだばかりのウィスキーを舌の底で回しながらモルトの苦みを味わっていた。

この店の酒の味は申し分なかった。男は何かを思い出したように眉間にシワを寄せた。今日の午後、ホテルでのランチの席であの若造がさりげなく零《こぼ》した言葉が耳の奥からよみがえった。

「監督、いつまであのロートルたちを使うつもりなんですか。今のあなたなら何をやっても文句を言う人はいませんよ。勿論、オーナーも……」

――今のあなたなら何をやっても、だと？

男がその若造をどやしたり、細くて白い首根っ子を吊り上げてテーブルの上で締め上げなかったのは、男の理性が感情を抑えたためではなかった。自分が怒る価値が相手にないと思ったからだ。シーズンの後半戦がはじまる夕刻のロッカールームにその若造はいきなりやってきて男に言ったのだった。

「やあディリー、ぼくはジョンだ。今日からチームのゼネラルマネージャーをやることになった。何か要望があったらぼくに言ってくれ。オーナーからもあなたの考えがチームで最優先すると言われているんだ。ぼくの父親はあなたのファンだし、ぼくは父親を尊敬している。きっとぼくらは上手くやっていけると思うよ」

その時、男はその夜のゲームの先発ピッチャーと後半戦のやり方と今夜のゲームについて話し合っていたところだった。そのピッチャーはすでに四十歳を過ぎていたが、彼がまだ充分に後半戦の先発ローテーションの中で戦い切れると男は信じていたし、子供を連れて家を出たピッチャーの女房ともオールスター戦の休暇に電話で話をしていた。

メキシコ訛りのたいした英語で女房は言った。

「ディリー、あなたが願っていることはよくわかったわ。でもね、あの色情狂が私の可愛い息子の父親でなかったら、私は開幕戦の朝、あの男をピストルで撃っていたわ。ディリー、あなたとチームのために撃たなかったんじゃないの。息子を片親にした上に犯罪者の子にしたくなかっただけなの。それをはっきりあの能ナシに伝えて」

そんな話を先発ピッチャーに正直に話せる監督がいたら、そいつはたぶん天才だ。

その夜、先発ピッチャーは興奮していた。

「ディリー、俺は休みの間、朝、昼、晩ずっと電話をかけ続けたんだ。ずっと話し中なんだ。一日中電話で話ができる女が世の中にいると思うかい。嫌がらせなんだ。あの女、生かしておくもんか」

「いいからマルチネス、私の話を聞くんだ。ナタリーは帰るタイミングを見てるんだ。君がいいピッチングをして、昔のようにマウンドの上でヒーローになれば、きっと戻ってくる。嫌がらせだって？……そうじゃない。いいから黙って聞け。今夜は五回まで絶対に怒るんじゃない。ファンの野次にも、アンパイヤーの判定にも、味方のミスにもだ。そうすれば君の時間がやってくる。チームは今夜から一ゲームだって落すわけにはいかないんだ。それはわかっているよな？」

その時、あの若造が二人の間にあらわれて話しはじめた。先発ピッチャーが若造に言った。

「静かにしろ。俺は今監督と大事な話をしてるんだ。おまえ誰だ？　どこから入ってきた。おい、訳のわからん奴がロッカールームにいるぞ」

「マルチネス、ぼくは変な人間じゃない。このチームのゼネラルマネージャーなんだ。後半戦のはじまりだ。まだ充分にチャンスはある。マルチネス、クールにね。デイリー、ゲームの後でゆっくり話し合おう。待っているよ」

男もピッチャーも用具係としか見えない若造が立ち去るのを口を半開きにして見ていた。身体はちいさく、とてもではないが男がこれまで生きてきたベースボールの世界では見かけることのなかった若造だった。

だがやることは素早く、シビアーだった。どうしてこの選手が、トレーナーが、通訳がチームにいるのかと首をかしげる対象者はたちまち解雇された。

それでもまだチームがプレーオフに進出できる可能性が残っているうちはおとなしく、礼儀もわきまえていた。ところがプレーオフ進出どころかリーグで最下位の、しかも球団史上ワーストの勝率でシーズンを終えるのではとマスコミが書き立てはじめる頃から、この若造は一気に攻め込んできた。大学の専攻が経営戦略であったらしいから戦略は持っていたのだろう。ファンに人気のない地味な選手の大半が放出を言い渡された。

実際、負け試合がこれだけ続くとホームでの観客動員数もおそろしく減った。スタンドにいるのは昔の栄華を知っている連中と他に行くところがない連中だった。勿論、彼等は老人だった。女と子供は弱いところが嫌いなのだ。

今日のランチで若造がロートルたちと呼んだのは、そのわずかなファンが応援するかつての名プレーヤーだった。

——今のあなたなら何をやっても文句を言う人はいませんよ。勿論、オーナーも……。

男はチームのオーナーの顔を思い浮かべた。

オーナーは男がかつて現役のプレーヤーであった頃からの知り合いだった。その頃、彼はまだ子供用の教育テキストを売るちいさな会社のオーナーだった。その教材に男の少年時代の物語を載せる許可を取りにやってきた。

熱いまなざしで子供の教育について語る相手を見ていて、男は謝礼なしで掲載を許可した。相手は感激し、以来交際を続けた。人の運などというのは何がきっかけで上向くかわからない。或る時、教材の倉庫に使っていた建物が火事に遭い、周囲にあった古い倉庫群に延焼し、広い焼け跡だけが残った。倉庫の持ち主は保険に入っておらず、彼の教材の損失が支払えなくなった。訴訟、裁判の途中で示談になり、彼は広大な土地を手に入れた。その土地にまだ若い起業であったコンピューター関連の会社が全米から集まってきた。土地が金の卵になり、そのビジネスに注目した彼は不動産業を手がけるようになった。それからは驚異的な発展だった。あっと言う間に全米の金持ちランキングの上位に入り、経済誌の表紙を飾るようになった。そうしてかねてからの夢であったメジャーのオーナーになった。最初の数年、低迷していたチームを奇蹟的に優勝させ、ワールドチャンピオンにしたのはオーナーの親友で、引退したばかりの男だった。

「ディリー、大丈夫だよ。ジョンはああ見えてもいい奴だ。君が教えてやれば一人前のゼネラルマネージャーになる。君もまたジョンからいくつか学ぶものもあると思うよ。まだ数字としてはチャンピオンになる可能性はあるじゃないか。あの奇蹟を、あの夢をもう一度見させてくれよ。ゆっくりするのはそれからでもいいじゃないか」

五日前の電話でオーナーはそう言った。

——ゆ、い、ゆっくりとはどういう意味だ？

男は空になったグラスをバーテンダーにむかってかかげた。

金と権力を手に入れることは人間を簡単に変えてしまう。彼は幼い頃から金を持つ者がいかに傲慢《ごうまん》になるかを目にしていた。自分の父親でさえ、息子がメジャーの名プレーヤーになった途端、彼を親身になって育ててくれたコーチに言ってのけた。『息子は元々ベースボールの天才だったんだ。そんなことは俺はとうに知っていた。息子に関わるすべての金銭的なことは俺を通すんだ』父親がそう言ったのは彼がコーチに送ったバッティングマシーンと小額の小切手についてだった。金と権力は人を変えてしまう。ただし当人は気付かない。

マスコミは前半戦が終る頃には次の監督候補の名前を挙げるようになっていたし、テレビでは同じナショナルリーグの連戦連勝するチームの鮮やかな戦い振りと熱狂するファンの様子を映し出し、それと比較するように男のチームの無様なプレーと閑散としたホームのスタンドを映していた。酷《むご》いことをする連中だと思った。


さてディリーはなぜこんな場末のバーにやってきたか。

彼は自分の野球人生でもっともみじめな年を嘆いて人知れずこのバーにやってきたのではない。

彼は今シーズンをあきらめてはいなかった。残る38試合をすべて勝てば充分に逆転優勝の目はあったし、野球というスポーツはそういうことが平気で起きることも経験から知っていた。

ただチームの戦力は最悪だった。まともにプレーができる選手はわずかしかいなかったし、チームを取り巻く状況はうんざりするほどだった。

オーナーはチームを売りたがっていたし、選手同士の喧嘩沙汰が後半戦に入って三度もベンチの中で起きていた。

それでもメジャーの野球を知っている者は、彼の〝ディリーミラクル〟を記憶の片隅に覚えていた。

前半戦終了時点で首位のチームに23ゲーム離されていた最下位チームが最終戦で首位に立ち、見事にワールドチャンピオンに輝いたのだ。それはメジャー史上にない逆転劇だった。

——遠い夢のことなのか？

そんなことはない。ディリー自身もこころの隅で奇蹟を信じていた。

そう、あの奇蹟がはじまる前夜も彼はこの店で一人で呑んでいた。

客の老人が一人、テーブルから立ち上がってトイレにむかった。ディリーと目が合うと老人は言った。

「やあディリー、調子はどうだ」

「やあロン、見てのとおり最悪だよ」

ディリーはお手上げのポーズで力なく笑った。

「最悪ならあとは上がるしかない。おまえさんならできる。俺にはわかってるんだ」

「ありがとうロン。一杯やってくれ」

「よし明日からの祝杯だな」

肩をやさしく叩いてトイレにむかう老人にディリーはこころがやすらいだ。

ディリーは店を見回し、知った顔はいないかと探した。見覚えのある顔には酒をおごるようにバーテンダーに告げた。そうして古いジュークボックスの脇の小椅子に目を留めて訊いた。

「リトルポキはどうした？」

「二年前に……」

バーテンダーは天井を指さした。

「あんたならできる。俺たちの中の特上の血が流れている。オールスターのホームランは最高だったぜ。メキシカンの血が打ったんだろう？　あんたならできる」

ジュークボックスの小椅子にいつも腰を掛けて客に曲のリクエストをねだっていた酔いどれのリトルポキ。いい奴だった。

その時、ドアが開いて一人の男があらわれた。ボストンバッグを手にしていた。ここに荷物を持ってくるのは他所者だった。男は店の中をきょろきょろと見回していた。この小柄でずんぐりむっくりした体型にはどこかで見覚えがある。ディリーのチームの帽子を被っている。

——誰だったか？

そう思った時、男は真っ直ぐディリーにむかって歩き出した。相手がどんどん近づいてくる間に、ディリーはこのミニタンクのような男の名前を思い出した。

——ガラの野郎だ。疫病神のガラだ。

ガラが白い歯を見せてディリーを見ている。

「そろそろやってくる頃だと思ったぜ」

——何を言ってるんだ、この男は……。

ディリーは胸の中でつぶやきながら、目の前に立って自分の胸板を叩いている相手を見た。

「さあ奇蹟を起こそうぜ。この日のために、ほら見ろ、鍛えておいたぜ。それに今夜、えらくいい報せがあるんだ。人に聞かれてはかなりやばい話なんだ」

ガラは声を潜めて言い、ディリーの隣りに座った。カウンターの上に置いたガラの指には奇蹟の優勝の時のチャンピオンズリングがはめてある。勿論、贋物である。しかしあの逆転優勝のシーズンの後半戦に彼がチームの選手として登録されていたのは事実だった。ディリーが解雇した。

この男はなんとあのシーズンの決戦となる前夜に先発ピッチャー三人を訳のわから

ぬ酒場に連れていきさんざ飲ませた上に、メキシコインディアンの魔法と称して、それぞれの選手の胸に刺青《いれずみ》を入れさせたのだ。そして中の一人が傷口が化膿し使いものにならなくなった。

ディリーがガラを呼んで怒鳴りつけた時、この男は平然として言ったのだった。

「ディリー、大丈夫だ。残る二人で充分に戦える。あいつらは奇蹟の血を授かったんだ」

その場でガラに解雇を通告した。

「わかった。俺が犠牲になろう。何も言わなくてもいい。俺たちはもうどんな相手にも勝てるんだ」

そうして去ったのだが、翌年も、翌々年も、ガラは毎年、優勝の可能性が失せる頃になるとディリーに手紙をよこした。十五年間もだ。

「そろそろ奇蹟をはじめようぜ」

ディリーはその手紙をすべて破り捨てた。

そうして今年は早々と前半戦の途中から手紙が届きはじめた。

ディリーはガラの顔を見た。たしか十五年前はすでに四十歳に近かったはずだ。ガラはメキシカンリーグのプレーヤーで内外野の守備がどこでもこなせたし、足がすこぶる速かった。この手の選手はベンチに入れておく必要があった。ゲームというものは何が起こるかわからなかった。ただひとつ問題があった。ガラはすべての運命があらかじめ決定しているのだと思い込んでいた。それに占い、魔術を異様に信じていた。

——この男、もう五十歳はとうに過ぎているはずなのに、この脂ぎった迫力は何なんだ？

ディリーは目の前の男が自分のどういう言葉を待っているのかはわからなかった。飼い主の次の命令、もしくは手にしたボールを投げてくれるのを待っている犬のような顔で自分を見つめている男からたぎる精力に驚いていた。

「ディリー、俺は飛べるようになったんだ」

ガラはそう小声で言って、自分の声が誰かに盗み聞きされていないかと周囲を見回した。

「翼を授かったのよ。もう負けやしないぞ」

——何を言ってるんだ、この男は？

ガラを見た瞬間、ジョンはさすがに目を剝いたが、すぐに納得したように笑って言った。

「デイリー、いいんじゃないか。この選手には客を引きつけるものがある。特にヒスパニック系のファンにね」

ガラはジョンと握手し、ジョンはガラの握力の強さに悲鳴を上げ、本当に五十五歳なのか、と訊き返した。

選手たちはユニフォームを着たガラを見て呆然としていた。ガラはチームメイトの前でバック宙返りをして見せた。

マルチネスが、サーカスにいたのか、と真顔で訊いた。ガラは腹をかかえて笑った。

どう思われてもよかった。あの夜、ガラと別れてホテルに戻ったデイリーはシカゴに住む元メジャー記者に電話を入れた。彼がデビューしてからの長いつき合いで、現役引退の相談も監督就任の決断も、彼の意見に従った。少しばかり調べて貰うことがあった。

「オーナーはチームを売る決意をしてる。赤字のせいじゃない。オーナーはもう昔の彼じゃない。野球を見限ったのさ。新しい買い手はたぶんおまえを使わないだろう。フリーメーソンの連中だ。わかるだろう？　もう好きにやる方がいい」

電話を切った後、ディリーはあのバーにいた老人たちを思い出した。そうして若い頃に自分がメジャーのプレーヤーになるのを応援してくれた男たち、女たちの顔がよみがえった。

一人の老婆の顔が浮かんだ。それはデビューの当日、球場の入口で逢った老婆だった。

「坊や。頑張るんだよ。今日からおまえは旅に出るのだから。どんなにさまよってもおまえには私たちの守護神がついているからね。いつか帰ってくるその日まで見事にさまようんだよ」

握った手がおそろしいほど冷たかった。

でもその日、彼は二本のホームランを打ちファインプレーをして衝撃的なデビューを飾った。

夜明け前にディリーはガラに電話を入れて、今日球場に支度をしてくるように告げた。

ゲーム前の練習の時、ディリーはガラが内野スタンドにいる女と子供に笑って話している姿を見つけた。

——何をやってんだ?

女と子供は、今日の先発のマルチネスの妻と息子だった。三人とも楽しげだった。

試合前、ロッカールームで息子を抱き上げたマルチネスがいた。そばで妻も嬉しそうに夫の手を握っていた。ディリーの肩を叩く者がいた。振りむくとガラがウィンクして、何もかも順調だ、と小声で言った。

試合前の最後のミーティングでディリーは選手たちに言った。

「チームは今夜から旅に出るんだ。奇蹟という宝物を探しにな。いくらさまよってもおそれるな。いつかは帰れる。それがベースボールだ。さあ坊やたちが待つフィールドに出よう」

マルチネスは初回から見違えるほどのピッチングを続けた。相変わらず打線の方はいけなかったが、人が変わったようなマルチネスの踏ん張りで8回まで0対0の投手戦になった。9回表、味方は1点を入れた。信用できる控え投手はいなかった。マルチネスの投球数は120球になっていた。マルチネスを呼んだ。

「ディリー、投げさせてくれ。どうせいつかは帰ることができるなら、俺はこの旅を最後まで続けるよ」

彼はマウンドに立った。しかし体力に限界はあった。かろうじてトップバッターを打ち取ったが、次のバッターにレフト前、次がライト前でランナー一、三塁。満塁策を取って次打者を敬遠した。ディリーはマウンドに行こうとした。すると背後から彼の名前を呼ぶ女の声がした。気になって振りむくと、あの老婆だった。

「そのままで大丈夫だから」

女は言ってうなずいた。ディリーはベンチの前に立って、老婆の顔を見返し、ガラにレフトの守備につくように言った。ガラはベンチを飛び出しマルチネスの尻をぽんと叩いてアウトフィールドへ駆け出した。

マルチネスは踏ん張って次打者をキャッチャーフライに打ち取った。そうして相手の最強バッターが打席に入った。今夜、彼は鋭い当たりがすべて野手の正面をついていた。

マルチネスは相手を睨みつけ、第一球を投じた。打者が強振するとジャストミートした打球はレフトスタンドにむかって飛んだ。誰が見てもグッバイホームランである。

球場にいるすべての人が打球の行方を見つめた。

——終ったな……。

ディリーは打球を見上げてつぶやいた。

レフトスタンドでは打球を捕ろうと客がグローブを持って待ち構えている。

その時、ガラが飛んだ。完璧なホームランボールをガラはフェンスより高く舞い上がり、完璧な飛躍をしてボールをグローブにおさめ、鳥のように降り立った。

一瞬ではあったが、素晴らしい沈黙だった。

旅がはじまったのだ、とディリーはうなずき、勝利した選手たちを迎えるためにゆっくりとベンチを出た。

坂の上のμ《ミュー》

「ゲームセット」

ナホの澄んだ声が原っぱに響くと、ボクたちは吹き上げてきた川風に乗ってナホの声が空高く上昇して行くのを仰ぎ見るように、草の上に倒れた。

——スゲェー楽しかった……。

草の匂《にお》いと工場廃棄物を流す川の臭《にお》いの中で、ボクたちは一日続けたベースボールに満足していた。やがて誰からともなく起き上がり、グローブとバットとボールをホームベースの上に置き、坂下に集まった。

そうして笑いながら顔を見合わせて、誰かがGO！　と叫ぶのを合図に坂の頂上にむかって一斉に走り出した。草に覆われた三十メートルそこその坂だったが、小学生のボクたちにはデッカイ山であり、障害物だらけの坂だった。どのルートを選んでも必ず途中で足がもつれ、息が切れた。それでもボクたちは駆け上がるのを止めなかった。

「途中でやめた子はチームメイトじゃない」

ナホが決めたことだ。ナホが決めたのだけどボクたち皆がそう思った。

——野球のゲームと同じで、途中で投げ出すことはできないんだ。

息を切らしながら、目の前の草をつかみ、前を行くライバルを追い抜こうと歯をくいしばって走った。草に足を取られて転ぶことも、前のめりになったまま滑り落ちることも、足が茂みの中に埋まって倒れる時もあった。転んでも倒れても起き上がってかけた。それがチームの決まりだった。

どん尻はたいがいボクだった。それでも皆が頂上で待ってくれているのはわかっていた。ようやく頂上に上がると、他の三人は前屈みになって膝の上に両手を乗せ、肩で息をしていた。ボクも同じように前屈みになって吹き出した汗が乾いた土に沁み込んでいくのを見ていた。

そうしてボクたち四人はゆっくりと身体を起こし、目の前の風景を眺めた。

眼下に工場群が立ち並び、いくつもの白煙が昇っていた。その工場群のむこうに夕陽にかがやく海がひろがっていた。右方には旧市街が、左方には住宅街が連なっていた。

ボクたち四人は黄金色に染まる街並、工場、煙突、家並を見ながら、いつかこの世界の中に自分たちは踏み出し、大人になるのだろうと思った。

海からの風がボクたちの頬をやさしく撫でていた。振りむくと坂下にボクたちの野球場がぽつんとあった。

坂の頂上は子供の世界と大人の世界のボーダーだったのかもしれない。でもボクたちにはそんなことはわかるはずがなかった。

二年前の夏のはじめ、坂下の原っぱに最初に立っていたのはケイタだった。

ボクは生い茂る夏草の中で、一人ボールを空に放りながら追いかけている少年を見つけた。ボクは彼が何をしているかすぐにわかった。それはボクが毎日この河原でしていたことと同じだったからだ。彼は空とキャッチボールをしていた。引力という名前の相手と。

ボクたちは互いが手にしたグローブを見て笑い出し、その日からキャッチボールをはじめた。暴投をしてもそのボールを笑いながら拾いに走ってくれる仲間ができた。ケイタは同じ歳なのにボクより十センチも身長が高く、彼が投げるボールはボクの倍近く遠くに届いた。その夏が半分過ぎた頃、もう一人の少年があらわれた。ケイイチだった。彼はグローブを持っていなかったが、ボクたち以上に野球が大好きだった。

夏の後半はキャッチボールにバットが加わってのゲームにかわった。ケイタの打球は驚くほど空高く舞い上がり、イヤになるほど遠くに飛んだ。左ききのケイイチはどんなボールも器用にバットに当て、一瞬ボールが消えたのではと思ってしまうような変化球を投げた。ケイタのバットが空を切り、ドスンと尻餅をつくほどだった。

ボクは相変らずキャッチボールでは暴投し、守備をしてもトンネルをくり返していた。その上ボールはなかなかバットに当ってくれなかった。

「ケイジ、ドンマイ、ドンマイ」

二人はいつもそう言ってボクを励ましてくれた。

夏が終りに近づいた昼下り、ポニーテールでピンストライプのユニフォームにスカートを穿《は》いたナホミがあらわれた。

「仲間に入れてよ」

ボクたちはゲームを中断し、ポニーテールを見た。

「迷惑はかけないから。それに四人で遊んだ方がチーム戦もできるんじゃない?」

ボクたちは顔を見合わせ、ポニーテールに訊いた。

「どういうこと?」

ポニーテールはことこまかに三角ベースボールのルールを説明した。ボクたちは目をかがやかせた。どうして女の子の君がこんなに野球に詳しいの、なんて訊かなかった。だってそのルールは最高だったから。

ボクたちは自己紹介した。聞いていたポニーテールが言った。

「へぇー、ケイタ君に、ケイイチ君に、ケイジ君か……。三人ともケイがつくんだ。何だか面倒だから、ケイタ君はター君、ケイジ君はジー君、ケイイチ君はイチ君……、それも長いね、ター、ジー、イチでいいよね」

三人とも今まで名前のケイが同じことに気付かなかった。でもジーはあんまりに思えた。

「君は何て名前？」

「私はナホミ」

「じゃナーでいいね」

「ナーはイヤだよ。せめてナホにして」

ボクたちは笑ってうなずいた。

ナホミの投げたボールにボクたちは驚いた。ケイタと同じぐらい速くて、コントロールが抜群だった。バットを持たせると、ボクらはもはや呆《あき》れてしまった。そうしてその日ダブルヘッダーがトリプルゲームになり、夕陽が傾くまで夢中でボールを追い

かけた。やがてナホミがマウンドの上でボールをかざして、

「これがラストボールよ」

と言って、バットを構えたケイタにむかって投げた。

ケイタの打球はナホミの上に飛んで、それをキャッチしたナホミが大声で言った。

「ゲームセット」

その澄んだ声がボクたちのゲームの終りを告げるルールになった。

「もう少しやりたいな」

ボクが言うと、ナホミは嬉しそうに笑って言った。

「見たいものが、君たちに見せたいものがあるんだ」

「何を？」

ボクたちがナホミを見ると彼女は坂の上を指さした。

かけ出したナホミの後をボクたちは追いかけた。それまで誰一人坂の上にのぼろうと考えたりしなかった。

息を切らして坂の頂上に着いた時、ボクたちは目の前にひろがった美しい風景に思わず息を飲んだ。

そこにはボクたちの街とボクたちの未来につながる世界がひろがっていた。

「ボクたちの街ってこんなふうになってたんだ。何だかいい気分だね」

ボクが言うと、ケイタが声を上げた。

「ほら、あそこに野球場が見えるよ。ボクはいつかあのマウンドに立つんだ」

「これっていつかボクらの世界になるのかな」

ケイイチが少し不安そうに言った。

「そうよ。これは私たちの世界でもあるのよ。私たちはまだちいさな粒子みたいなものだけど、いつかこの世界で大きな存在になるんだわ」

ナホミが言った。

ボクたち三人はリュウシもソンザイもわからなかったけどチームの中にとても強力な選手が加わったことは確信できた。


その夏が終るまで、ボクたちは毎日ボクらの野球場に集合し、一日の終りを眺めに坂の頂上に駆けていった。肩で息をしながら魚のかたちに変わった雲が茜色《あかねいろ》の空を泳ぐのを見ていた。

「私たちはずっと一緒に行こうね。この先どんなことがあってもチームでいようね」

ナホが言うと、ケイイチが照れたように、

「チームだものね」

と夕陽に目をしばたたかせた。ボクも声を出した。

「そうだね。今はちいさなリョウシみたいなものだけど、いつか大きなソン、ソン……」

「ソンザイだよ。リョウシじゃなくてリュウシだよ。私たちの身体も、この街もすべてリュウシからはじまってるんだ。粒子はμ《ミュー》って呼ぶんだよ」

「ミューって、猫みたいだね」

「そうだね、仔猫みたいなもんだね」

それから一年半、ボクたちは四人の時間が合えば早朝、坂下の原っぱに集合して野球を続けた。

小学校最後の冬が過ぎ、春を迎えた時、ボクらは離れ離れになった。

ナホとケイイチは隣り町の私立と公立の中学校に進学し、ケイタとボクはこの町の公立と私立の中学校にそれぞれ進んだ。

入学式が終った週の日曜日、皆がそれぞれの制服を着て集合した。

セーラー服姿のナホは少し恥かしそうにしてボクらの前にあらわれた。

「おっ、スゲェー、セーラー服だ」

ボクが言うと、ナホは怒った時に見せる、腕を組んで頬をふくらませる仕草をした。

「からかうなよ、ジー。君だって少し大人っぽく見えるよ」

「よせよ。大人なんかじゃないよ。それよりケイタの制服ちいさ過ぎるんじゃないか」

「静岡の祖母ちゃんが買って送ってきてくれたんだけどサイズを間違えたんだ」

ケイタは頭を掻《か》きながら笑った。

「なあ、しばらく逢えないかもしれないからゲームをやろうよ」

ケイイチが言い出した。

「でもグローブもバットも……」

ナホが言った時、ボクらは草むらに隠していたグローブとバットを拾い上げた。

ナホはそれを見て、コイツラッと声を上げてボクらに突進してきた。

セーラー服を着たエースはカッコ良かった。ケイタはナホがマウンドの上で足を思いっ切り上げた時、思わず目を瞠《みは》り、空振りしてしまった。

「ター、どうした？　それで本当にT中学野球部の四番打者になれるのか」

ケイイチがグローブで顔を隠して、笑った。ケイタは顔を真っ赤にしてバットを構え直した。ナホが次のボールを、エイッと声を上げて投げた。カーンと乾いた音がした。それは今まで見たことがない弾道の打球だった。ボクもケイイチも打たれたナホまでが、口を開いたまま空を見上げた。春の青空に、白いボールがまるで点のように吸い込まれて行った。ケイイチが叫んだ。

「粒子だよ。μ《ミュー》だよ」

打ったケイタも口を半開きにして空を見上げていた。打球は川をはるかに越えて対岸の草地に消えた。

「あの川を越えるまでって百二十メートルはあるんじゃないのか」

ボクが夢見心地で言うと、ケイタはボールが当ったバットを見直し、ボールが消えた対岸を見ていた。

「スゴーイ、ター君ってメジャーに行くべきだよ。ゴジラもびっくりだよ」

ナホの言葉にボクもケイイチも大きくうなずいた。

「これでもう私はベースボールにサヨナラできるね」

そう言ってナホはマウンドを降りると、ケイタに歩み寄って右手を差し出した。ケイタがナホの手を赤い顔をして握った。ボクもケイイチもナホとケイタと握手した。それはボクたちの未来に新しい何かがはじまる区切りの打球に思えた……。

中学校の春の野球大会に、ケイタが一年生ながら四番打者で出場した。ボクたちは連絡を取り合い、市民球場に応援に行った。ナホは急に都合が悪くなって球場に姿を見せなかった。ナホがスタンドに一緒にいないことがボクには淋しかった。

ケイタは四打席三安打で特大のホームランを一本スタンドに放った。スタンドで、あれが一年生とは驚いたな、将来が楽しみだ、と見物の大人たちの声を聞くと自分たちが誉《ほ》められているように誇らしかった。

試合が終わってケイタに逢いに行くと、日焼けした顔も大人びて見えたが、それ以上に身体が大きくなっていたのに驚かされた。

「ナホは急な用があってこられなかったんだ。頑張って、とメッセージをくれていたから、今日のター君の活躍を報告したらきっと大喜びするよ」

「うん、ありがとう、って言ってくれよ」

ケイタは少しがっかりしたように言った。

「スゴイ、ホームランだったね。μ《ミュー》だったとナホに伝えておくよ」

ボクが言うとケイタは嬉しそうにうなずいた。

球場からの帰り、ケイイチがナホのことで心配そうに話しかけてきた。

「先週、電車の中でナホを見たんだけど、難しい顔をして外の景色を見たままで何だかいつものナホと違っていたんだ。よほど声をかけようと思ったんだけど……」

「どうして声をかけなかったの」

「それが難しい顔をしてて」

「イチらしくもないよ。チームメイトじゃないか」

「そうだ。そうだったね」

ボクはその夜、ナホの携帯電話にメールを送った。ケイタが活躍したゲームのこと、ひさしぶりに四人で逢わないかというメールだった。返事はこなかった。

一ヵ月後、六月になったばかりの朝、返事のかわりに届いたのはナホがトラックに撥《は》ねられて死んだというケイイチからの電話だった。

「猛スピードで走ってきたトラックに飛び込んだって言うんだ。飛び込み自殺なんて、ナホは絶対にしないよな。そうだろう」

ケイイチは電話のむこうで泣いていた。

——嘘だ。嘘だろう。ナホが自殺なんて、ナホは絶対に自殺をするような子じゃない。

ボクは電話を切ってからも自分にそう言い続けた。

住宅街の一番奥にあるナホの家は大きな屋敷だった。家の中はひっそりとして見えた。玄関のチャイムを押すと、女の人の声が返ってきて弔問に来たと告げると、今夜は身内だけで過ごすので引き取って欲しい、と言われた。

ボクたち三人はしかたなく道を戻り出した。

「ナホってお金持ちの家の子だったんだな」

ケイイチが言った。

「ナホ、こんな遠くから原っぱまで来てたんだ。朝早くに起きてたんだ」

ケイタが言った。ケイタの言葉にボクは初めて、ナホが夜が明け切らないうちに起き出して始発のバスに乗り原っぱまで来ていたのがわかった。朝靄《あさもや》の中を髪をなびかせて歩いているナホの姿が浮かんだ。その時、ボクはずっと見ていたナホの横顔がまぶしいくらい美しかったのに気付いた。

「ナホがいじめに遭ってたって本当かな」

突然、ケイイチが立ち止まって言った。

ボクとケイタはケイイチを振りむき、何だって、とうつむいているケイイチに訊いた。

「これって噂なんだけどナホの通っていた学校っていじめがひどくて有名なんだ。ナホの自殺ってそれが原因じゃないかと思ってさ」

「誰がナホをいじめたんだ」

ものスゴイ剣幕でケイタがケイイチにつめ寄った。ケイイチの肩をつかんだケイタをボクはあわてて引き離した。

「そいつら許さない」

ケイタは顔を真っ赤にして拳《こぶし》を上げた。

「あの……」

背後で声がして振りむくと背の高い女の人が立っていた。

「あの……、あなたたちはもしかして三人のケイ君でしょうか」

「えっ？」

「私、ナホミの母です。ナホミと遊んで下さった方たちですよね」

ボクたちは顔を見合わせてうなずいた。

棺《ひつぎ》の中のナホは本当に眠っているように見えた。閉じた目の長い睫毛《まつげ》が今にもピクンと動き出し、あの人なつっこい笑顔を見せてくれそうだった。ケイタもケイイチも泣きじゃくっていた。ボクは涙が出てこなかった。二人が泣いている姿を見て、泣かなくちゃ、一緒に泣いてあげなくちゃ、と思うのだけど涙が出てこなかった。大好きだった長野の祖父ちゃんが死んだ時もそうだった。どうしてボクはダメなんだろう。

ナホのお母さんが立ち上がり、しばらくして部屋に戻ってきた。これ、あなたたちにかしら……、とノートを裂いたような紙を持ってきた。たしかにそれはボクたちへのメッセージだった。あまりに辛過ぎる言葉だった。

　タ一君、ジ一君、イチ君へ
　　ゲームセット
　　　　　　　ナホより

「ゲームセットなんかじゃない」

ケイタが大声で言った。ケイイチはズボンを握りしめていた。その手に大粒の涙がこぼれ落ちていた。ボクはナホの文字をじっと見て、

——こんなのないよ、ナホ。

と胸の中でつぶやいていた。

その日の夜、テレビのニュースにナホの事故のことが報道された。ナホに気付いた運転手はあわててハンドルを切り、歩道に乗り上げて通行人一人に重傷を負わせていた。

翌朝早くボクは一人で事故があった交差点に行った。公園のそばにある交差点は見晴らしが良く、ナホがトラックに飛び込んだのを何人かの人が朝の散歩で見ていたらしい。登校途中のナホは街路樹の蔭から急にあらわれて、トラックに撥ねられた。トラックが乗り上げた歩道にタイヤの跡があった。

ボクは街路樹に手を触れた。ナホはここにいて機会をうかがっていたのだろうかと思った。足元を見ると木の根元と生垣の間に何かが光っていた。それはプラスチック製の野球ボールだった。

ボクたちは隣町に行き、ナホのクラスメイトを探した。

何人かの生徒に逢ったが、その子たちは決まって同じ返事をした。

「何のこと？　何を言ってるのかわかんない」

「知らねえよ。何のことだかわかんねえよ」

ナホをいじめてたなんて正直に言う子などいるはずがなかった。相手の態度に逆上したケイタがつかみかかると、何だよ、おまえ、俺があいつを死なせた証拠でもあんのかよ、あるなら証拠をだせよ、と逆に突っかかってきた。それでもケイイチは、どこで手に入れたのかナホのクラスの名簿から辛抱強く一人一人に訊いて回っていた。皆口を閉ざし誰も話をしようとしなかった。

「そんなにひどいことをされたのかな……」

ケイタが沈んだ声で言った。

「クラスのいじめっていじめられている者以外は全員が加害者だからね」

ケイイチが言った。ボクはケイイチに訊いた。

「それってどういうこと？」

「もちろん、中心になっていじめる連中はいるけど、それを見てるだけじゃ済まなくさせるんだよ。全員にいじめをさせるんだよ。自分たちだけがやってるんじゃないって」

「嫌だって言えばいいじゃない。いやそれより、そんなことをするのをやめようって言うべきだよ」

「それを言ったら、たぶんその子がいじめられるよ……」

ケイイチはいじめを見ていた経験があるのでよく知っていた。ケイタもボクもいじめの現場を見たことがなかった。それとも気付いていなかったのだろうか。でもクラス全員で一人の子をいじめることが想像できなかった。

「もしナホがどんなふうにされたかを誰かに話したら、その子がいじめられるよ。だから皆話をしないんだ。自分が相手を死なせたって思いたくないしね」

「そんなの卑怯《ひきょう》だ。許せない」

ケイタが声を荒らげた。

「卑怯って決めつけられないよ。だって昨日までいじめてた子が、今日、突然、いじめられるってことが起こるんだもの。そうならないためにいじめに加わるんだ」

ボクには、それがわかるような気がした。

でもナホがどんなふうにいじめられていたかを誰も話してくれない気がした。

ケイイチが一人の女の子を連れてきた。

女の子は怖がっていた。特にケイタを怖がっているのがわかった。ボクとケイイチで話を聞くことにした。それでも彼女の口は重かった。彼女がボクたちに逢いにきた理由は、彼女が以前いじめられていたからだった。

「どうしていじめられなくなったの？」

　ボクが聞いても彼女は返答しなかった。

「ナホが死んだのはいじめが原因なの？」

　彼女はちいさくうなずいた。

「ナホをいじめたのはクラスの子？」

　彼女はうなずいた。

「クラスの何人かの子？」

　彼女は首を横に振った。

「クラス全員？　そうなんだ。どんなふうにいじめられたの？」

　彼女は黙りこくったまま、質問に何も答えようとしなかった。ボクとケイイチは顔を見合わせた。

「ボクたちナホの復讐《ふくしゅう》をしようとしてるんじゃないんだ」

　ボクが言った時、ケイイチが彼女に訊いた。

「君がいじめられてたのはいつのこと？　それってもしかして……」

　彼女は急に両手で顔を覆って泣きはじめた。

「ケイイチ、彼女、どうしたの。いじめられてたのがいつだったかって……。あっ、そうか」

ナホは、彼女が、ミドリがいじめられているのを見て、いじめている連中に注意したという。

「どうしてそんなことをするの。された側になってみればわかるでしょう。どんなに嫌か。この子のセーラー服隠して何が面白いわけ」

突然、声を上げたナホにミドリも驚いたけどいじめていた子たちも驚いた。ナホはクラスで一番身体の大きいサトルという男の子の前に歩み寄ると、相手を睨《にら》み付けたまま言った。

「君がやらせてるんじゃないの。だとしたら男の子らしくないでしょう。自分より強い相手にむかって行くのが男の子でしょう。あの子、女の子なんだよ」

「…………」

相手は顔が蒼白になり、おどおどしていた。

翌日から逆襲がはじまった。登校して教室に入ったナホの机の中がゴミであふれていた。その中にゴム製の玩具《おもちゃ》のヘビが混ざっていた。本物のヘビと間違えたナホが思わず声を上げた。皆が一瞬、笑ったことをナホは知らなかった。

「何よ、これ。誰がやったのよ」

ナホは玩具のヘビを手に、サトルの机に行き相手の顔に投げ返した。そこに担任教師が入ってきた。

「何をしているの？」

教師はナホにむかって怒った。ナホは何も言わなかった。

話を聞いていて、ボクはナホがなぜ先生に事の真相を話さなかったかわかる気がした。ナホのプライドが許さなかったに違いない。

汚いものが次から次にナホの机や靴箱に入れられた。スカートのうしろに何かがふれたと思って見てみると、茶色のポスターカラーがべっとりとついていた。ナホは挫《くじ》けなかった。それがよけいにいじめをエスカレートさせた。十日後の朝、ナホの机は濡れていた。異臭を放っていた。すぐにそれが尿の匂いだとわかった。ナホは机をかかえ上げてサトルに投げつけた。そこにまた教師が入ってきてナホは教員室に呼ばれた。教師はなぜそんな乱暴なことをしたのかとナホに問いただした。ナホは何も答えなかった。母親が呼ばれた。母親はナホを信じていたから教師にむかって言った。

「娘は理由もなくそんなことをしません。先日も娘のスカートが汚れていました。訊いても何も言いませんでしたが、私はクラスでいじめがあるのだと思います」

教師は自分のクラスにいじめなどないと言い、そういう親の考えがナホをダメにしていると言い張った。

いじめは陰惨になった。登校して教室に入る度に汚物が机にあふれ、黒板にはナホを中傷するさまざまな言葉が書いてあった。ナホはバケツに水を汲み雑巾で黙々と机や椅子を洗った。

『そんな汚いのに何で生きてるわけ？　害虫は駆除されるべき！　いつになったら汚物は消えてくれるのかな……』黒板に書かれた文字も一人で消した。

ナホにとって一番ショックだったのは、ミドリが死んだゴキブリが何匹も入った箱にリボンをかけて渡してきた時だった。

「そう、君までがね。でも私はあなたを恨まないよ。こうしろって言われたんでしょう。皆好きでこんなことはしていないのを私はわかってるの。でも私が死んだらあなたたちがどんな気持ちになるかって思うわ」

「うざいんだよ。死んでみろよ、死んでみろよ」と周囲から声がして、死ね、死ね、死ねっと合唱がはじまった。

ボクは最後に泣きじゃくり出したミドリの話を聞いていて、どうして相談してくれなかったんだ、とくやしくなった。

——私たちはずっと一緒に行こうね。この先どんなことがあってもチームでいようね。

ナホの声が耳の奥から聞こえた。

「俺、そのサトルという奴を許せない」

いつの間にかケイタがそばにいた。

「そいつをナホが味わったのと同じ目に遭わせてやる」

ケイイチもうなずいていた。

「だめだよ。復讐をしても何にもならないよ。ボクに考えがある。ミドリちゃん、ナホがいなくなったら、また君がいじめられるかもわからないよ。いじめがはじまったらボクに必ず連絡して」

ミドリは不安そうな顔をしてうなずいた。

ボクはその週末、ナホの家に行った。

ナホの笑っている写真が置かれた祭壇に、原っぱで四人で使ったバットとグローブとボールを供《そな》えた。ナホのお母さんとしばらく話をした。そうしてお母さんから聞いた、ナホの事故で散歩中に巻き添えになったおじいさんが入院している病院に行った。おじいさんは両足を骨折していた。ボクが事故のことをいくつか質問してもよく覚えていなかった。見舞いに来る人もないらしく、ボクはおじいさんの話相手になってあげた。昔話ばかりを聞かされた。

ミドリからメールが入った。思っていたとおり、ナホがいなくなったクラスはミドリを次のターゲットにした。

——もう少しの間だけガンバッテ。きっと助けてあげるから。

でも時間がないように思った。自分たちがいじめた相手が死んでも、次のいじめをはじめる連中は狂っているのと同じだ。

おじいさんがようやく事故の話をはじめた。

ボクは事故の話を聞いて、次の日から事故現場に通った。

ミドリからのメールが届いた。

——私、もうダメです。

ボクはメールに返事を送った。

ケイタとケイイチを呼んだ。

公園に中学生たちが集まっていた。

輪になっていた。その輪の中心にミドリが立っていた。ミドリは男の子からこづかれていた。他の子より頭ひとつ抜けた肥満の男の子が言った。

「さあ見せてみろよ。おまえがあいつみたいに死ぬのをよ」

風を切る音がして、ガツンと鈍い音がした。その男の子が頭をかかえてうずくまった。またすぐに風を切る音がしてもう一人の男の子が頭をかかえた。ボールがふたつ地面に転がっていた。

ボクたちはその子たちの前にゆっくり進んでいった。

「ナホの投げるボールならもっと痛かったはずだぞ」

ケイイチが大声で言った。

皆が一斉にボクたちを見た。

「俺たちナホと同じチームの者だ。自己紹介をするよ……。ナホほどの子がおまえたちのいじめで自殺したって本当に信じてるのか」

ボクは公園の木蔭に隠れていた少年を呼んだ。少年はグローブを手に走ってきた。

「この子、ミキオ君って言うんだ。ナホはあの朝、君たちがした仕打ちを本当に悲しんでいたんだ。ボクたちに最後のメッセージまで書いていたんだ。そんな気持ちであの道を歩いていて、ミキオ君がボールを追いかけて道路に出て行こうとしたのを見て助けに飛び出したんだ。目撃者のおじいさんもいるんだ。ナホはそういう子だったんだ。君たちは今、頭がおかしくなってるんだ。ミドリちゃんが死ねば殺人と同じだ。君たちがナホにしたことは、ミドリちゃんが全部話してくれた。ボクらは復讐はしないけど、ずっと守備についたままではいない。ボクらの攻撃の番だ」

ケイタとケイイチが素早く前に出て、頭を痛そうに撫でていたサトルという男の子とそばにいた二人の男の子を殴りつけた。ボクも走り出し、逃げようとする相手を思いっ切り殴った。人を殴ったのは生まれて初めてだった。

「こんな痛みじゃなかったんだぞ。ナホのこころの痛みは……」

ボクは呆然《ぼうぜん》として立っている皆にむかって叫んだ。全員を殴ってやりたかった。

「もういいです。もうやめて下さい」

振りむくとミキオのお母さんの隣りにナホのお母さんがいた。

「もうやめて。ナホもわかってくれているはずよ。一番悲しいのはここにいることができないナホだから」

ケイタとケイイチが拳を握りしめてむせび泣いていた。

夏休みに入った或る朝、ボクたちは坂下のグラウンドに集まった。

ヨウッ、オッス、それぞれが昔のままの野球のウエアーを着ていた。

「半年振りだね。今日はたっぷり野球をやろうぜ」

「ああ思う存分やろう」

夏草に隠れたホームベースを探し、三角ベースボールのカンバスを並べた。

「さてバッターを決めようぜ」

三人がジャンケンをしようとした時、岸辺の方から声がした。

「待って。私も入れて」

見るとピンストライプのユニフォームにスカートを穿き、野球帽を目深《まぶか》に被《かぶ》った女の人が走ってきた。

ナホのお母さんだった。

「どうしたの、そんな顔をして。ナホに野球を教えたのは私なのよ」

そう言ってお母さんはマウンドの上に立って、さあバッターは誰かしら、と笑った。

ナホよりボールが速かった。ケイタが尻餅をついた。

「スゲェー」

ケイイチが声を上げた。

夢中で一日プレーした。お母さんはナホととても良く似ていた。時々、ナホが一緒にプレーしている錯覚を起こすほどだった。それはたぶんケイタもケイイチも同じ気持ちだったはずだ。

陽が傾きはじめて、マウンドの上のエースが、これでラストよ、ラストボールと言った。ボクたちはそれを聞いて顔を見合わせた。

ボクの打ったボールは芯《しん》をとらえたけどケイタのグローブの中におさまった。

「ナイスキャッチ……、ゲームセット」

ボクたちはお母さんを坂の上に案内した。

夕陽にかがやく街を見たお母さんは海からの風に髪をなびかせて言った。

「綺麗ね。ここの光ってひとつひとつが生きてるみたいね」

その言い方がナホそっくりだった。

「リュウシでしょう」

ボクが言うとケイタがすかさず、

「ソンザイでしょう」

と声を上げた。

「μ《ミュー》でしょう」

ケイイチが嬉しそうに言った。

「君たちって……」

お母さんがボクたちを見た。

「君たちって、……最高だと思うわ。本当に、本当にありがとう」

そう言ってお母さんは白い手を差し出した。

ケイタと握手をし、ケイイチと握手をし、その手がボクの目の前に差し出された時、ボクはお母さんの顔を見上げた。するとお母さんの顔がナホの笑顔にかわった。白い手を握り返した瞬間、ボクの目から大粒の涙があふれ出した。次から次にあふれてくる涙に、ボクはやっとちゃんと泣けているんだと思った。

風がどこかにむかって吹いている音がした。

解説

島本理生

幼い頃、父がテレビで見るスポーツは野球ではなくサッカーでした。私の弟もその血を受け継いでサッカー少年になってしまったため、私自身、ほとんど野球に接する機会がないまま大人になってしまいました。

ところが、この短編集のテーマはまさにその野球と、新作の「坂の上のμ」を除いたほとんどの短編が年齢を重ねた大人たちの物語です。

自分にはまったく理解できなかったらどうしよう……一抹の不安を抱えつつ、それでも大好きな伊集院さんの小説ということで一枚目のページを捲《めく》った私は、全ての短編を読み終えたとき、理解できないと感じるどころか、むしろとても懐かしい気持ちにどっぷりと浸されていました。

そして、この湧き上がる懐かしさは一体なんだろう、と考えたとき、それは主人公たちが野球を通して感じてきたグラウンドの土の匂い、風景の移り変わっていく色や風の変化、子供時代には自分の地平にも当たり前のように存在していた風景であることに思い至ったのです。

伊集院さんの小説は最後の一ページまで面白く読み進めるだけではなく、一つ一つの物語の余韻が日々の中にほのかな花の香りのように紛れ込んで、良い小説を読んだ、という暖かな喜びが湧き上がってきます。

本を閉じて終わりではなく、気が付くと日常の風景の中に真っ青な夏草が映り込んで、心の中に一つ一つの物語が住み着いていたのでした。

野球を通して出会った少年たちと少女の交流を描いた「坂の上のμ」には、力強く投げられた球のように真《ま》っ直《す》ぐでありながら、そんな正しさが簡単に踏みにじられてしまう現代の哀しさが映し出されています。一方で、揺らぐことのない絆にはたしかな希望があり、その絆を土台として支えているのが野球であることが、物語のラストに強い説得力を与えています。

本書の「くらげ」を読んでからしばらくの間、夜道を歩くときに自分が青い月光を浴びて波間に漂っているような気分になりました。悲しくも美しい残像が日常の中にまで溶け込み、いつまでも終わらない物語の風景を見ているようでした。「くらげ」の素晴らしさは、語られない部分があることでより際立っているように感じます。

時として語りすぎてしまう物語は野暮《やぼ》になりがちですが、この作品にはそういった部分が全くなく、数行の描写だけで人物たちの内面や生き様をありありと読み手に実感させてくれます。

主人公が公子に対して抱く度重なる戸惑いも、物語に濃い影を落としています。実の兄と仲が良すぎること、何度も結婚をくり返しながら元夫よりも愛犬のテリーを慈しむ姿、それらは咀嚼《そしやく》しきれない違和感となり、同時に、それが公子という女性の独特のなまめかしさを感じさせる部分でもあります。

咀嚼しきれない違和感という点では「残塁」もまた奇妙な物語です。

二十数年の時を経てすっかり変わっていた津森という男、見つからない黒テキ、その津森に対する主人公の戸惑いと違和感。真実は横波で揺れる海上のボートのように頼りなく、それを求めるように何度でも繰り返し読み返してしまいます。

厳しい野球部の練習によって肉体だけではなく内面の脆弱《ぜいじやく》さまで剝き出しになって

いく様は非常に残酷でありながら、その過程が、一種、友愛とは表現しきれない二人の関係の危うさに踏み込む重要な鍵となっていて、一読するだけでは収まりきらない味わいを残す重要な要素でもあります。

野球によって得た栄光が違う形へと変質していく人生を描いた「水澄」や「秋野」もまた、印象的な作品です。

興味深いのは、「水澄」では栄光の脆《もろ》さを淡々と描きながら、「秋野」では幾度となく裏切られても里中を見限ることのできない人々の心が描かれていることで、そこにあるのは人間性に対する情だけではなく同郷であることの切なさです。

本人以上に過去の栄光を信じて忘れることのできなかった人々の失われた希望の影は、まさに淋しくも美しい秋野のようで、胸が締め付けられます。

私が特に個人的に好きだったのは「冬の蜻蛉」の牧子が初めて部屋に来た圭一に箸置きや食器を見せる場面でした。

牧子が幼い少女のように声を弾ませて、楽しげに食器棚からコレクションを取り出して見せる楽しげな姿がありありと浮かんできます。

なにげない日常のワンシーンでありながら、女性が無意識に無邪気な少女に戻る瞬間は、そうさせた男性に対する恋心を実感する非常に重要な瞬間で、その一瞬がとても繊細に丁寧に描かれていることを女性としてとても嬉しく感じました。また、そのきっかけが高価な洋服やアクセサリーなどではなく可愛い箸置きだというところもさりげない品の良さに溢れていて素敵です。

影響されやすい私は、この短編を読み終えてから急にデパートの食器売り場や街角の雑貨店で箸置きが目につくようになり、最近では気に入ったものがあると一つだけ買って帰るようになりました。

時々、食器棚の引き出しにしまった箸置きを取り出して、私も牧子のように大切な人にこれを見せて誉めてもらいたいなあと思うとき、あらためて小説が単に紙の上だけではなく、自分の日常に溶け出して染み込んでいることを幸せな気持ちで噛みしめるのです。

■初出一覧

水澄（『三年坂』講談社文庫、一九九二年八月刊）
残雪（『乳房』講談社文庫、一九九三年九月刊）
くらげ（同右）
冬の蜻蛉（『冬の蜻蛉』講談社文庫、一九九八年四月刊）
秋野（同右）
夏草（『冬のはなびら』文春文庫、二〇〇五年一二月刊）
魔術師・ガラ（『宙ぶらん』集英社、二〇〇六年二月刊）
坂の上のμ《ミュー》（「ＩＮ★ＰＯＣＫＥＴ」講談社、二〇〇七年二月号）

|著者|伊集院 静　1950年山口県生まれ。'81年短編小説「皐月」でデビュー。'91年『乳房』(講談社文庫)で第12回吉川英治文学新人賞、'92年『受け月』(文春文庫・講談社文庫)で第107回直木賞、'94年『機関車先生』(講談社文庫・集英社文庫)で第7回柴田錬三郎賞、2002年『ごろごろ』(講談社)で第36回吉川英治文学賞をそれぞれ受賞。著書に、『白秋』『アフリカの王(上・下)』『あづま橋』(以上講談社文庫)、『海峡』『春雷』『岬へ』(以上新潮文庫)、『眠る鯉』『冬のはなびら』(ともに文春文庫)、『美の旅人』(小学館)、『ツキコの月』(角川書店)、『宙ぶらん』(集英社)などがある。

坂《さか》の上《うえ》のμ《ミュー》

伊集院《いじゅういん》 静《しずか》

講談社文庫
定価はカバーに
表示してあります

2007年3月15日第1刷発行

発行者——野間佐和子
発行所——株式会社 講談社
東京都文京区音羽2-12-21 〒112-8001
電話 出版部 (03) 5395-3510
販売部 (03) 5395-5817
業務部 (03) 5395-3615

デザイン—菊地信義
本文データ制作—講談社プリプレス制作部
印刷——豊国印刷株式会社
製本——株式会社大進堂

Printed in Japan

落丁本・乱丁本は購入書店名を明記のうえ、小社業務部あてにお送りください。送料は小社負担にてお取替えします。なお、この本の内容についてのお問い合わせは文庫出版部あてにお願いいたします。

ISBN978-4-06-275666-2

講談社文庫刊行の辞

二十一世紀の到来を目睫に望みながら、われわれはいま、人類史上かつて例を見ない巨大な転換期をむかえようとしている。

世界も、日本も、激動の予兆に対する期待とおののきを内に蔵して、未知の時代に歩み入ろうとしている。このときにあたり、創業の人野間清治の「ナショナル・エデュケイター」への志を現代に甦らせようと意図して、われわれはここに古今の文芸作品はいうまでもなく、ひろく人文・社会・自然の諸科学から東西の名著を網羅する、新しい綜合文庫の発刊を決意した。

激動の転換期はまた断絶の時代である。われわれは戦後二十五年間の出版文化のありかたへの深い反省をこめて、この断絶の時代にあえて人間的な持続を求めようとする。いたずらに浮薄な商業主義のあだ花を追い求めることなく、長期にわたって良書に生命をあたえようとつとめるところにしか、今後の出版文化の真の繁栄はあり得ないと信じるからである。

同時にわれわれはこの綜合文庫の刊行を通じて、人文・社会・自然の諸科学が、結局人間の学にほかならないことを立証しようと願っている。かつて知識とは、「汝自身を知る」ことにつきていた。現代社会の瑣末な情報の氾濫のなかから、力強い知識の源泉を掘り起し、技術文明のただなかに、生きた人間の姿を復活させること。それこそわれわれの切なる希求である。

われわれは権威に盲従せず、俗流に媚びることなく、渾然一体となって日本の「草の根」をかたちづくる若く新しい世代の人々に、心をこめてこの新しい綜合文庫をおくり届けたい。それは知識の泉であるとともに感受性のふるさとであり、もっとも有機的に組織され、社会に開かれた万人のための大学をめざしている。大方の支援と協力を衷心より切望してやまない。

一九七一年七月

野間省一

講談社文庫　目録

石川英輔　大江戸仙境録
石川英輔　大江戸えねるぎー事情
石川英輔　大江戸遊仙記
石川英輔　大江戸仙界紀
石川英輔　大江戸生活事情
石川英輔　大江戸リサイクル事情
石川英輔　雑学「大江戸庶民事情」
石川英輔　大江戸仙女暦
石川英輔　大江戸仙花暦
石川英輔　大江戸えころじー事情
石川英輔　大江戸番付事情
石川英輔　大江戸庶民いろいろ事情
石川英輔　数学は嫌いです！〈苦手な人のためのお気楽数学〉
石川英輔　大江戸開府四百年事情
石川英輔／田中優子　大江戸生活体験事情
石牟礼道子　新装版 苦《く》海《がい》浄《じょう》土《ど》〈わが水俣病〉
今西祐行　肥後の石工
いわさきちひろ　ちひろのことば
いわさきちひろ／松本猛　いわさきちひろの絵と心
いわさきちひろ／松本猛　ちひろへの手紙
いわさきちひろ／絵本美術館編　ちひろ・子どもの情景〈文庫ギャラリー〉
いわさきちひろ／絵本美術館編　ちひろ・紫のメッセージ〈文庫ギャラリー〉
いわさきちひろ／絵本美術館編　ちひろの花ことば〈文庫ギャラリー〉
いわさきちひろ／絵本美術館編　ちひろのアンデルセン〈文庫ギャラリー〉
いわさきちひろ／絵本美術館編　ちひろ・平和への願い〈文庫ギャラリー〉
石野径一郎　ひめゆりの塔
井沢元彦　猿丸幻視行
井沢元彦　義経幻殺録
井沢元彦　光と影の武蔵〈切支丹秘録〉
一ノ瀬泰造　地雷を踏んだらサヨウナラ
泉　麻人　丸の内アフター5
泉　麻人（オカシ屋ケン太）　おやつストーリー
泉　麻人　東京タワーの見える島
泉　麻人　ニッポンおみやげ紀行
泉　麻人　通勤快毒
泉　麻人　ありえなくない。
伊集院　静　乳房
伊集院　静　遠い昨日
伊集院　静　夢は枯野を〈競輪躁鬱旅行〉
伊集院　静　野球で学んだこと ヒデキ君に教わったこと
伊集院　静　峠の声
伊集院　静　白秋
伊集院　静　潮流
伊集院　静　機関車先生
伊集院　静　冬の蜻蛉《とんぼ》
伊集院　静　オルゴール
伊集院　静　昨日スケッチ
伊集院　静　アフリカの王(上)(下)〈『アフリカの絵本』改題〉
伊集院　静　あづま橋
伊集院　静　ぼくのボールが君に届けば
伊集院　静　駅までの道をおしえて
伊集院　静　受け月
伊集院　静　坂の上のμ〈野球小説アンソロジー〉
岩崎正吾　信長殺すべし〈異説本能寺〉
井上夢人　おかしな二人〈岡嶋二人盛衰記〉
井上夢人　メドゥサ、鏡をごらん
井上夢人　ダレカガナカニイル…

井上夢人 プラスティック
井上夢人 オルファクトグラム(上)(下)
井上夢人 もつれっぱなし
家田荘子 バブルと寝た女たち
家田荘子 愛人〈ピュアで危険な愛を選んだ女たち〉
家田荘子 イエローキャブ
家田荘子 渋谷チルドレン
池宮彰一郎 高杉晋作(上)(下)
池宮彰一郎他 異色忠臣蔵大傑作集
石坂晴海 ×一《バツイチ》の子どもたち〈彼らの本音〉
井上祐美子 公主帰還
井上祐美子・塚本青史・森福都 妃《ひ》・殺《さつ》・蝗《こう》〈中国三色奇譚〉
飯島勲 代議士秘書〈永田町、笑っちゃうけどホントの話〉
池井戸潤 果つる底なき
池井戸潤 架空通貨
池井戸潤 銀行狐
池井戸潤 銀行総務特命
池井戸潤 仇敵
池井戸潤 BT'63(上)(下)

岩瀬達哉 新聞が面白くない理由
乾くるみ 塔の断章
乾くるみ 匣《はこ》の中
岩間建二郎 ゴルフここだけ直せばうまくなる
伊波真理雄・石村博子 不完全でいいじゃないか!
岩城宏之 森のうた〈山本直純との芸大青春記〉
石月正広 渡世人
石月正広 笑う花魁《おいらん》〈結わえ師・紋重郎始末記〉
石月正広 握られ同心〈結わえ師・紋重郎始末記〉
井上一馬 モンキーアイランド・ホテル
石倉ヒロユキ ヤッホー! 緑の時間割
石井政之 顔面バカ一代〈アザをもつジャーナリスト〉
伊東順子 ピビンバの国の女性たち
糸井重里 ほぼ日刊イトイ新聞の本
岩井志麻子 東京のオカヤマ人
岩井志麻子 私小説
乾荘次郎 妻《め》敵《がたき》討《う》ち〈鴉《からす》道場日月抄〉
乾荘次郎 夜襲〈鴉《からす》道場日月抄〉
石田衣良 LAST[ラスト]

井上荒野 ひどい感じ―父・井上光晴
飯田譲治 NIGHT HEAD 1~5
飯田譲治 NIGHT HEAD DEEP FOREST
飯田譲治・梓河人 アナン、(上)(下)
稲葉稔 武者とゆく
稲葉稔 闇夜の義賊〈武者とゆく(二)〉
井村仁美 アナリストの淫らな生活〈ベンチマーク〉
池内ひろ美 リストラ離婚〈妻が・夫を・捨てたわけ〉
いしいしんじ プラネタリウムのふたご
伊藤たかみ アンダー・マイ・サム
池永陽 指を切る女
井川香四郎 冬の蝶〈梟与力吟味帳〉
内橋克人 新版匠の時代〈全六巻〉
内田康夫 死者の木霊《こだま》
内田康夫 シーラカンス殺人事件
内田康夫 パソコン探偵の名推理
内田康夫 「横山大観」殺人事件
内田康夫 漂泊の楽人
内田康夫 江田島殺人事件

講談社文庫　目録

内田康夫　琵琶湖周航殺人歌
内田康夫　夏泊殺人岬
内田康夫　平城山《ならやま》を越えた女
内田康夫　「信濃の国」殺人事件
内田康夫　鐘
内田康夫　風葬の城
内田康夫　透明な遺書
内田康夫　鞆《とも》の浦《うら》殺人事件
内田康夫　箱庭
内田康夫　終幕《フィナーレ》のない殺人
内田康夫　御堂筋殺人事件
内田康夫　記憶の中の殺人
内田康夫　北国街道殺人事件
内田康夫　蜃気楼
内田康夫　「紅藍《くれない》の女《ひと》」殺人事件
内田康夫　「紫《むらさき》の女《ひと》」殺人事件
内田康夫　藍色回廊殺人事件
内田康夫　明日香の皇子
内田康夫　伊香保殺人事件
内田康夫　不知火《しらぬ》海《い》
内田康夫　華の下にて
内田康夫　博多殺人事件
内田康夫　中央構造帯(上)(下)
内田康夫　黄金の石橋
歌野晶午　長い家の殺人
歌野晶午　ROMMY〈越境者の夢〉
歌野晶午　正月十一日、鏡殺し
歌野晶午　死体を買う男
歌野晶午　放浪探偵と七つの殺人
歌野晶午　安達ヶ原の鬼密室
内館牧子　リトルボーイ・リトルガール
内館牧子　切ないOLに捧ぐ
内館牧子　あなたが好きだった
内館牧子　ハートが砕けた！
内館牧子　BU・SU〈すべてのプリティ・ウーマンへ〉
内館牧子　別れてよかった
内館牧子　愛しすぎなくてよかった
内館牧子　あなたはオバサンと呼ばれてる
宇神幸男　美神の黄昏
宇都宮直子　人間らしい死を迎えるために
薄井ゆうじ　竜宮の乙姫の元結いの切りはずし
宇江佐真理　泣きの銀次
宇江佐真理　室の梅〈おろく医者覚え帖〉
宇江佐真理　涙堂〈琴女《ことじょ》癸酉《きゆう》日記《にっき》〉
宇江佐真理　あやめ横丁の人々
上野哲也　ニライカナイの空で
上野哲也　海の空　空の舟
魚住　昭　渡邉恒雄　メディアと権力
魚住　昭　野中広務　差別と権力
氏家幹人　江戸老人旗本夜話
氏家幹人　江戸の性談〈男たちの秘密〉
宇佐美　游　脚美人
内田春菊　愛だからいいのよ
魚住直子　非・バランス
魚住直子　超・ハーモニー
遠藤周作　海と毒薬
遠藤周作　わたしが・棄てた・女

遠藤周作　ぐうたら人間学
遠藤周作　聖書のなかの女性たち
遠藤周作　さらば、夏の光よ
遠藤周作　最後の殉教者
遠藤周作　反　逆（上）（下）
遠藤周作　ひとりを愛し続ける本
遠藤周作　深い河《ディープ・リバー》
遠藤周作　周作塾〈読んでもタメにならないエッセイ〉
遠藤周作　『深い河』創作日記
永六輔　無名人名語録
永六輔　一般人名語録
永六輔　どこかで誰かと
衿野未矢　依存症の女たち
衿野未矢　依存症の男と女たち
衿野未矢　依存症がとまらない
衿野未矢　「男運の悪い」女たち
大江健三郎　新しい人よ眼ざめよ
大江健三郎　宙返り《チェンジリング》（上）（下）
大江健三郎　取り替え子

大江健三郎　鎖国してはならない
大江健三郎　言い難き嘆きもて
大江健三郎　憂い顔の童子
大江健三郎　河馬に嚙まれる
大江健三郎　M/Tと森のフシギの物語
大江健三郎・文 大江ゆかり・画　恢復する家族
大江健三郎・文 大江ゆかり・画　ゆるやかな絆
小田実　何でも見てやろう
大橋歩　おしゃれする
大石邦子　この生命ある限り
沖守弘　マザー・テレサ〈あふれる愛〉
岡嶋二人　焦茶《こげちゃ》色のパステル
岡嶋二人　七年目の脅迫状
岡嶋二人　あした天気にしておくれ
岡嶋二人　開けっぱなしの密室
岡嶋二人　三度目ならばＡＢＣ
岡嶋二人　とってもカルディア
岡嶋二人　チョコレートゲーム
岡嶋二人　ビッグゲーム

岡嶋二人　ちょっと探偵してみませんか
岡嶋二人　記録された殺人
岡嶋二人　ツァラトゥストラの翼〈スーパー・ゲーム・ブック〉
岡嶋二人　そして扉が閉ざされた
岡嶋二人　どんなに上手に隠れても
岡嶋二人　タイトルマッチ
岡嶋二人　解決まではあと6人〈5W1H殺人事件〉
岡嶋二人　なんでも屋大蔵でございます
岡嶋二人　眠れぬ夜の殺人
岡嶋二人　珊瑚色ラプソディ
岡嶋二人　七日間の身代金
岡嶋二人　クリスマス・イヴ
岡嶋二人　眠れぬ夜の報復
岡嶋二人　ダブルダウン
岡嶋二人　殺人者志願
岡嶋二人　コンピュータの熱い罠《わな》
岡嶋二人　殺人！ザ・東京ドーム
岡嶋二人　99％の誘拐
岡嶋二人　クラインの壺